獐子路过瓜田

杨枥 著

黄山书社

序

以生命质感的语言抵达有质感的生命

樵　夫

杨亚丽的散文给予我的审美效果是惊喜的，而这样的带有定性的判断绝非主观臆说，而是基于对其散文的阅读。我最先读到她的散文是《窑洞里的江湖》和《边角之地》，当时，心头陡然一亮，就判定她的作品是散文界的新收获，她会是中国散文界一个卓尔不群的人。她的散文具有相当高的品质，她用充满着生命质感的语言，丰富地呈现了富有质感的生命。近来，散文界像她这样品质的散文并不多见，故我一读到她的作品，欣喜异常。我识定一个散文家优秀与否，语言是我首要判断的，其次才是语言中蕴含的人生情怀、生命的独悟、思想，等等。杨亚丽在这两点上都是出色的。我从初读她的作品起，就期待读到她的更多作品。这次，黄山书社出版她的《獐子路过瓜田》，一下子就读到她的十七篇散文。这是阅读者的盛宴，是阅读者的一次艺术之旅。

她的散文，语言充满着强劲的艺术张力，生命质感强。正是基于这一点，杨亚丽的散文成了我的阅读期许。我之所以特别并且首先强调这点，恰恰在于汗牛充栋的散文，用这一把艺术尺子来丈量，则平庸之作显多。杨亚丽的语言，就让她的散文拨向了散文佳作的一边。一个散文作家要获得这一艺术品质，其实并非一件易事，它需要一个作家很高的艺术天赋与一个作家内在悲天悯人的情怀，这种语言禀赋是一个作家综合创造力的结果。它经由的路径是，首先对生命的独悟，由这种内在的独悟继而准确有力地寻找到那个能全然表达、呈现独悟的词、独特搭配的词组，在作家笔下涌出的词和词的独特搭配，暂时改变词与词组的原本的固有的意义与情感色彩，而使这个词与词组陌生化，使它传达出作家独有的、原生态的、唯一的生活经验和审美。每每读到这样的语言，我都暗暗击节叫好。海德格尔说，语言是存在的家。他阐述了语言的重要性。在《獐子路过瓜田》这部散文中，杨亚丽的语言常令我顿然叫好。“目光一暗”。（《獐子路过瓜田》）“冷我一眼”。（《放飞的麻雀》）“浓稠炙热的正午，被我妈悲愤的叫声撕开了一个口子”。（《边角之地》）这般充满生命质感的极富艺术张力的语言，在这部散文中比比皆是，就是这样美的语言，使阅读者获得了一次对世界全新的体验。

联想力的丰富与叙事的灵动、恣肆汪洋是杨亚丽散文的一个重要标识。联想力于一个作家而言是很重要的艺术禀赋。她的散文，之所以能表达深广的内容，呈现那个宏大的存在，其丰富的联想力起到举足轻重的作用。英国哲学家休谟说，联想的规律是相似、时空的接近和原因结果。杨亚丽将这些规律的运用已到炉火纯青的境界，她借助于联想力，将原来看去逼仄的生活河流，呈现了丰盈与汪洋的状貌。如《獐子路过瓜田》等，借助于丰富的联想力，轴展了生活壮阔、恢宏、漫卷的画面。而与联想力唇齿相合的是叙事的灵动与恣情。杨亚丽的叙事瓷实而又具灵动的品质。这种品质是一个散文作家优秀的标配，杨亚丽具有。她的叙事，仿佛一把镢头，每一下都扎扎实实地镢到土地，没有一镢是落空的、虚妄的。在她的作品中，她的叙事视角、时序的转换，显得灵动而摇曳生姿，使读者能多视角地进入生活幽深的隧道，从而多层面地感知生活、体验生命。

语言是存在的家园，这是文学的真理，是语言的哲学。文学终究是借助文学语言去抵达生命的彼岸，去抵达那份浓酽的乡愁，去抵达那份作家独有的生命体验。倘若语言不能抵达那个存在，文学也就不复存在。杨亚丽的散文之所以为我之阅读期许，就在于我能坐上她给予的语言之船，抵达那个独特的存在，在她的语言呈现的存在里，我吮咂了那份缱绻的浓郁的乡愁，体悟到了一种独有的生命体验，并观照了自己以及芸芸众生的生命世界，在这个世界里，慢慢苏醒人性、精神与灵魂。这是杨亚丽散文所具有的永恒的美。《放飞的麻雀》是这本散文中非常具有分量的一篇。她在这个文学语境中，将麻雀喻指自己那个伤害他者又自我伤害的舅舅，她写了舅舅眼底里麻雀的命运，又写了舅舅自己的命运，两者互为所指，这个散文的结尾，对读者而言，是一个很深的哲学启迪。这篇散文，语言所呈现的一切乡村物象，都是乡愁的引线，比如：红薯、雪、牛、河、麻雀、捉麻雀的筛子……读到这样的语言，沉凝、默想，之后是顿悟，是醍醐灌顶般的开怀，作家对生活或者说生命的感觉，是何等独悟，它表达了别人没有觉悟的人生经验，而阅读者正是经由此，获得了人生审美。

悲天悯人的情怀，是杨亚丽散文的又一特质。悲天悯人是具有双重意义的，既指一个写作者应具有的自觉情怀，又指语言最后呈现的文本中弥漫着悲天悯人的情怀。杨亚丽的散文，大都是乡愁的，她所涉猎的题材、内容，都是乡村物事人，这些物象与人，都涵泳着绵绵的乡愁，同时，不管她写什么人，不论她是带上欣赏或批判的色彩，语言静流下，绵绵无尽流淌着的是悲天悯人的情怀。《窑洞里的江湖》，是这一情怀最为浓稠的作品。一个个乡村底层卑微的人物，依次出现在她的视野中，她带着悲悯情怀的眼光，一一叙写了老刘、老温、老部。亚里士多德说，怜悯是净化人灵魂的重要路径。我们读了杨亚丽笔下的底层卑微人物，内心也无不为他们的人生际遇喟然长叹，长叹之后而来的是自我警醒与人生观照。

杨亚丽的散文是值得我们阅读期许的。因为，她的散文给了我们语言与存在的双重美感。

目录

獐子路过瓜田

外公的六分瓜田，在秦岭一个岭尖上。南边是干沟，长着很多杂树，里面藏着一些怪鸟，时不时会飞起，怪叫着远去了。北边一岭一岭的麦田，青里带黄，状如半边花菜，慢慢展开，直到与村庄接壤。继续北望，还能看见邙山，不过邙山的气势温和，像是天际一道淡蓝色的花边……这些，是我成年后的感受，当时待在那儿，像困在火焰山。

十几亩庄稼地，瓜田是外公的眼睛珠。西瓜碗口大小，他就指派我到地里，日不错影守着。眼见皮球大了，外公说还不到季候，再等等。可一天不熟，我就一天不得自由。西瓜越大，人越紧张，外公再三嘱咐我：不准待在瓜庵里，不准打瞌睡，不准在瓜田里乱走……

五黄六月，天高日晒。日头在天上一寸寸地挪动，天地合围成一台烘干炉，烘烤着万事万物。四野偶尔会路过一阵风，却干辣辣得燎人。地头有棵椿树，比我稍高点，稀拉拉的影子像是螃蟹在爬。椿树虽小，却生了很多花豆娘，幼虫没翅膀，浑身白底黑点，腿脚细长，顶着绿豆大小的身体。样子有点像蜘蛛，但比蜘蛛好看，整日慢悠悠迈着细长的腿在叶梗上爬。爬不了几天，身子变大拉长，蜕下黄豆大小薄薄的白壳，红底黑点或者白点的一对翅膀也长了出来，扑棱棱飞成了一朵花，往往是两两成对，挤在一处。

躲在椿树下，汗水照冒，淹得脖子疼——花蚊子造的孽，叮的包挠破了。我却不敢大意，外公说大晌午正是偷鸡贼（乡下称呼手脚不干净的人）出没的时候。还要防着黑老鸹，它们样子丑陋，叫声惹人厌烦，还是鸟界的“偷鸡贼”。刚埋在土里的花生、豆种，它们也会嘴爪并用，刨出来叼走。苹果柿子西瓜这些明唧溜溜的东西，它们更是喜欢。所以，为预防种子被盗，农人会拌上农药，用来保护庄稼。黑老鸹“为嘴伤身”，却也连累了狗。在农村，会经常看到土狗叼着死老鸹乱跑，惹得主人追着打着让它松口的情景。

还要预防田鼠，这东西繁殖快，田野里僻静，大白天也会出来祸害庄稼。平整土地时，总能挖住田鼠窝。外公说，田鼠贼得很，窝有两出口，有经验的人，先堵一个，再用水灌另一个。咕咚咚两桶水下去，它们就会拖家带口窜出来。我亲眼见到过一只田鼠从洞里冲出来，肚子底下提溜着几只幼崽逃跑的情形，却不清楚它们是怎样做到的。与色灰体长的家鼠不同，田鼠的皮毛带有红褐色的花纹，且尾巴短粗，一眼就能分辨。于是，瓜地里要支上老鼠拍——只要碰住机簧，粗铁丝便啪一声翻转倒扣的捕鼠工具。还有老鼠笼，原理和老鼠拍差不多，只不过多了几面铁丝网编制的笼子。

老鼠拍和老鼠笼，都没老鼠药劲儿大。和外公赶集，看到卖鼠药的人，往往是叫花子样的老头，手拿竹板，啪嗒啪嗒拍着。地上铺着麻袋，一只只死鼠依次排开，成了他招揽生意的活招牌。村里也时常见到卖鼠药的，五只死老鼠可以换一包药。半个村下来，半麻袋死老鼠。老鼠再贼，终究抵不过混着毒药的香饵，同样落了个为嘴伤身的下场。外婆拿出很少吃的油条、麻饼或切成片的苹果，小心翼翼地给老鼠下饵。时不时，外公便用铁锨铲着死田鼠埋起来。

言归正传，还说看瓜。遇到有动静咋办？外公说，遇到天上飞的，边拍着巴掌边吆喝；遇到地上跑的，像猪啊驴啊，先拾个土坷垃扔过去，再挥舞着竹竿赶跑。我倒是想练练手，可一天下来，并没多少机会检验这些方法的可靠性。

外公就在北坡下锄花生，我却觉得他时刻在监视着我。他总喜欢顶着大日头锄地，说这样，野草才易死透。他还说，锄下三分雨，天越旱，锄头越要勤快。锄头撞击着土地，沉闷的声响刺激着我昏昏欲睡的神经。外公弯着腰在田垄里移动，四周一片绿，布褂白得晃眼。远望，头顶毛巾的他就像个机械人，胳膊在身子两侧前后摆动。移动几步，他便会弯下腰，拾起一撮杂草，先在锄头上磕几下，这才扬手抛到地头，随之溅起一团黄色的尘雾，慢慢散开。

一连串锄地的动作，外公不厌其烦地重复，让人看得乏味，我只想打盹。可时不时地，他会扭头猛吼一声："别睡着了！小心驴进地里！"我忽地睁开被汗水糊住的眼睛，四下环顾，只看见一个个草窠里藏身的西瓜和那个钉死在天上的日头。

每个西瓜都顶着一蓬野草，怕晒糊皮。瓜叶闪着灰白的光，蔫巴巴伏在地上，满地都是闪亮的眼睛，又像碎了一地的青白色塑料片。外公痛恨地里的野草，却不太收拾瓜田里的，因为西瓜需要遮阳。所以地里有很多野苋菜矗着高秆，叶片生满绒刺，杈窝的草籽已呈黄褐色，破败的株形预示着来世一趟的使命即将完成。

瞭望四野，天有尽头沟有底儿，燥热却没边儿没沿儿。

其实，地头也有好风景，那丛指甲花已开得嘟嘟噜噜，红白相间，十分好看，只是少人欣赏。让它们在寥天野地里妖娆，真是屈才，种村边也比这里好。外公说，有了它们，西瓜才能更好地坐胎（这个词当时我听不太懂）。外婆又说，有指甲花在，就不怕獐子和其他动物从瓜地里经过，它们是西瓜的保护神。指甲花和獐子什么关系我不明了，只觉得老人们看似一本正经地讲话，却总是神神道道的。

獐子是什么，我从未见过，但黄鼠狼我并不陌生。黄鼠狼个头与家猫相差无几，但眼睛还没猫眼的瞳仁大，且尾大头小。我见过的两只，粽子似的被捆着，就挑在黑狗肩头的三股叉把上。两只倒霉蛋，死命扭动着，尖嘴巴转着圈，想把捆着的绳索咬开，可除了芦苇般的大尾巴扫来扫去，其他无济于事。越是见人多，黑狗越是逞能，他猛烈地摇晃着三股叉，还邪恶地笑着。

我讨厌黑狗，外公说黑狗身为男人，却好吃懒做，不去舞弄正经的庄稼地，尽干些下河摸鳖、上山打鸟伤害性命的坏事。所以，每次看见黑狗，尽管他一副讨好的样子，我也会露出与大人一样鄙视的目光。

独自在地里看瓜，我一会儿想起亲人，一会儿又想起“坏人”，黑狗就是坏人。我曾想，假如黑狗从地头经过，我不会理他，只会瞪大眼睛，抿着嘴唇，这样看起来才更厉害些，他便不敢来偷瓜了。果真，有天还真遇见了。老远，他刚从西边小路上露头，就抻长脖子往瓜田里张望，这次叉把上是只咕咕喵（猫头鹰）。真是个坏人，啥东西遇见他都要倒霉。不过，他胆子还真大。外婆很忌讳咕咕喵。无论什么时候听见咕咕喵的叫声，她总要吐几口唾沫，跺几下小脚或者拍打几下床帮，厉声道：“东边买盐，西边买醋，熬吃咕咕喵肉。”唱完三遍，方才舒口长气。

黑狗过来的前一分钟，我刚被外公吼声震醒。大中午猛然看见黑狗，是有点意外，可更让我意外的是那只咕咕喵。大白天，咕咕喵睁不开眼，勾勾嘴同样被捆着，喉间发出“呃呃”的响动。被细绳扎着的翅膀，做出忽闪的样子，却不能大动，带着黑褐色斑点的羽毛凌乱不堪，闪着的油光刺得人眼发酸。而黑狗泛着贼光的眼神，被我逮个正着。我死死盯着他，眼珠子一动不动，手心出汗，把竹竿都浸湿了。看到我的架势，他目光一暗，瘦脸挤出几丝笑容，说："妞，一个人在地里，热不？""咿，这指甲花开得不赖！还是鸾头凤哩。"听得出来，头一句是客套话，第二句是真心话。我不作声，只是指指北坡，而外公正直着身子，朝这边瞭望。黑狗脸也不扭，匆匆走了。

此时听见外公一声大吼："驴进地了？"我忙大声作答："驴没来，黑狗过去了。"说完，我脸上发烧。甭管怎么说黑狗也是个大人，我怎能直呼其名呢？何况，他能听见哩。但我还是有点疑惑，黄鼠狼只会放臭屁，黑狗捉它们作甚？咕咕喵的叫声那么骇人，黑狗也不怕吗？

时间难熬，总得找点事儿做。便摘几朵指甲花，挤出汁液涂在指甲上，没有白矾，并不会上色。每当夏天，外婆会把指甲花带叶和白矾一起捣碎，用麻叶裹着给我染指甲。摘麻叶也很讲究，太老的发脆易破，太嫩的太小裹不严实。挑颜色姜黄且顶下三四层的最好，又有韧性，大小也合适。麻线并不紧，我却受不了指头尖发胀、火烤一般隐隐的痛，便不顾外婆的叮嘱，半夜里偷偷退去麻线。所以，我的指甲从来染不红。还有一个原因，也许是被屁崩了，才不红的。外婆是这样说的。可管天管地，放屁谁能管住？

但黑狗媳妇红姑的指甲，总是红得鲜亮，离老远就能看见。她的指甲和旁人不同，尖尖的有半寸长，且不藏着黑垢。也许她能忍受白矾那股难受的蜇劲儿，也许她能憋住不放屁，也许她使了什么巧法，便能一下子染到指甲根儿，越发衬得手指恍若白葱。她的手，似乎从未洗过碗筷衣物。有一回，村里一个新媳妇拉着红姑问东问西，到家却被男人一顿好打。于是，连我看见红姑，也感觉她那白生生的脸孔和软绵绵的声音尽透鬼魅。

村人不待见红姑，黑狗却宝贝得紧，不仅和村里人不咋搭腔，就连亲爹也不来往。“红姑就是个狐狸精，吃黄鼠狼肉吃多了！”有天，来借气筒的四娘这样描绘红姑。哦，黑狗逮了黄鼠狼，为的是让红姑吃肉啊！吃黄鼠狼肉，能变成狐狸精，那吃狐狸肉，能变成什么？我亲眼看见四娘吃了几次蚯蚓，咋没变成蚯蚓呢？尽管是中药里晒干的蚯蚓，黑黢黢硬邦邦像是发霉的红薯梗，但也是蚯蚓啊。

红姑吃没吃黄鼠狼肉，不得而知，可外公说黄鼠狼肉是骚的，不能吃。骚不骚更不知道，但记得外公说完这句话，脸色猛然一紧，像犯了什么忌讳。大人们真是，说啥都不实在。有次四娘和红姑吵架，什么难听说什么。二豁子舅爷摇着头，豁牙跑风，却嘟囔说：“这老事（四）家的，真会化（骂）人，嘴喝了茅混（粪）。”红姑接不上茬，也不起高腔，说：“你骂吧，大风全刮跑了！”连四娘那样肮脏的话，大风也能刮跑，外公有啥可担心的呢！话说回来，茅粪上到地里，玉米穗更长，红薯块更大，可四娘喝了茅粪，除了满嘴喷臭，还是一副管家鹅模样，见谁都想叼几下。关于茅粪能不能喝的问题，我相信二豁子舅爷不会瞎说，却也觉得不可思议，但根据四娘的表现，我相信她是喝了。红姑也喝过，是被人灌的。灌的人是她的老公公，也就是黑狗的爹。黑狗爹说，红姑好说瞎话，只有喝茅粪才能治好。可看大门里茅缸边红姑用力挣扎的样子，不像有病。反而是黑狗爹，一天到晚气喘吁吁、吭吭咔咔的，咋不想办法去治？他上个短坡都要歇三下，给儿媳妇治病倒是有劲儿的很，黑狗吼着嚷着拉了半天都拉不开。看光景的人，一村来了多半村，剩下的人还都不在家，否则，谁会放过这个唱戏也想不到的场面呢？因为半村人里三层外五层，把黑狗家院子围了个密不透风，连墙边那棵歪脖枣树也跟着倒了霉，不知被哪个没材料的咔嚓蹬折了。大家兴许都希望红姑的病能好，或者不能好，因为闹闹哄哄，却没有人前去帮忙，也没人过去阻止。

染指甲太过简单，马上就会厌烦，于是便找蚂蚁。天越热，大个蚂蚁越多，三五成群或单个的，慌里慌张在田野里乱窜。这些身如燕麦长短、腿细如丝的东西，没人管束，疯了在地皮上来回奔走，也不知图个啥。我看清楚了，这些东西虽小，但很强悍，跑得也快，还能搬东西。人都能驯马，昆虫界为啥没东西去驯蚂蚁？比如一只瓢虫，不对，人家个头虽小，但有翅膀。什么东西能骑上蚂蚁？我绞尽脑汁也没想出合适的对象来。

我专挑势头凶猛且大个儿的蚂蚁，轻轻捏起一只，看它在我指尖不停地挣扎，看它张开钳子嘴在我手指上啃咬。它脖子快扭断了，终究伤不了我分毫，可它一直在做着努力……它绝望而无助的样子，使我的小心眼儿里涌出一股难过，于是我放了它。许是欢喜地迷了方向，它原地打了几个转转后，始才手脚并用爬开了。

终于看见了外婆。小路上，只有她一个人颤巍巍的身影。一对小脚，走山路总是不在行。日头西照，看不清外婆的眉眼，只感觉满面红光。她一手提溜着个黑瓷罐，上面扣着白色的瓷碗，罐里装着井里镇过的绿豆茶，另一只手拿着一个布兜。外婆先拐到花生地，等外公喝过两碗，方又颤巍巍地来到瓜地。

坐在外婆怀里，我便哭了。外婆搂着我拍几下，从布兜里取出一块干饼："乖乖，撒了芝麻，可香。"可我依然哭着："婆，我想回家！"外婆嘴里应承着，却指着北边说："看，那是百货楼，卖梨膏糖的地方；看，那是剧院，演《白蛇传》的地方。"梨膏糖听过数十遍，可就吃过一次。白蓝糖纸包着，红褐色而透明的糖块，含在嘴里，甜里带着一股梨香。想想都感觉口齿生津。《白蛇传》，听名字我就不喜欢，一想到那里边有两蛇精，我就瘆得慌，难怪那个男人要请老和尚来降服它们。可外婆说，蛇精是人扮演的。怎么扮演？要找多大一条蛇皮，才能套在人的身上？对了，红姑是狐狸精，可黑狗为什么那么稀罕她呢？我顺着那个方向，只看见一堆火柴盒大小的楼房和许多香烟粗细的烟囱。外婆说那里就是洛阳城。从那时起，我就知道洛阳城很小，小的只能待在山川围起来的盆底。别看现在的楼有多高，人有多多，站在高处看，啥都不是。

无论外婆怎样描画城中的好光景，可我还是想回到涧河边——那里有我的家、我的父母兄长。我问外婆，我家在哪儿？外婆抬眼望望，指着说：“喏，大烟囱那儿。”这个我信，因为我们村的玻璃瓶厂，就有根直入云霄的大烟囱，那层层叠叠的红砖，还是父辈们烧的。我站起身，使劲往那儿瞅，却连个人影也看不到。于是，我便又哭。外婆瞅瞅远处依旧忙碌的外公，轻声说 ：“住声，等瓜熟了，我给妞摘个大的吃。”我却希望，有朵路过的白云，能载着六岁的我快些回家。

西瓜终于要收了，我也要熬出头了。小小年纪，我已经想到用“熬”来打发时光，足以说明看瓜是个多么遭罪的事情。外公坐在地头，对外婆说，后天是礼拜天，等后半晌再下西瓜，因为后半晌瓜皮是软的，才不易崩口。外公早已把架子车轱辘的气充满，也上好了围苫——一种竹编的围栏，车底铺上了一拃厚的麦秸，还准备了一床棉被，用来盖西瓜。外公怕昼夜温差大，西瓜会炸开。万事俱备，只等上高中的小舅礼拜天回来。那四里半的山路，拉着瓜车实在不太好走。外公兴冲冲的神情，让我也感觉舒畅。他还谋划着说，先挑好的卖上两车，剩下歪嘴儿糊皮的，再送亲戚们尝尝，也不枉种了一季庄稼。他还说，今年天旱，西瓜个头不大，但春天上的底肥是羊粪和芝麻饼。他还说，压条、打顶及时，并没有浪费一天光景。今年的斤称不高，但皮薄肉甜，应该能卖个好价钱。小舅下半年的学费应该不用发愁了。

我巴望礼拜天快些到来。

礼拜六的早上，东方火红一片朝霞。我照样在地里看瓜。过了晌午，天越加闷热，汗水如浆裹着身体，不透气似的。外公依旧在锄地，但有点心神不宁，还没弯下腰，就支起身子，不住地东张西望。他干脆就杵在地里，使劲儿用烟锅敲打着锄把。咣咣的声响，惊飞了一溜儿大鸟，却赶不散南边渐生的黑云。

起风了，老天爷就是有本事，一阵风，就吹去了浑身的燥热。我敞开褂子，让风使劲往里面钻。可转眼，南边那一大坨黑云，乌压压往北边赶来。而北边，就是邙山的地方也有一大片黄云往西边挪动。雨来了，我一阵欣喜，而蚂蚁们，更是乱成一团，着急忙慌往洞穴里跑。

扑答扑答，豆大的雨点落了下来，一砸一个灰窝，一砸一捻儿尘雾。我忙往瓜庵里跑，外公也跑了过来。他顾不上搭理我，薅草往西瓜上裹，一边裹，一边颤声喊道："老天爷，你太狠心了啊！"那满腔委屈和伤心，只有在太婆婆去世时，我才听到过。我不懂，外公是咋了。西瓜不是人，淋雨又咋了？这时，外婆也出现在瓜田里，她浑身都是泥水，虽然拄着一根竹竿，却似乎摔了不止一跤。她胳膊下夹着一卷油布，可那么多西瓜，怎盖得过来？

外公的褂子沾满了泥水，外婆一丝不苟的油旋儿头也凌乱不堪。活脱脱两个泥人。雨越下越大，淹没了干沟，淹没了邙山，甚至，要淹没了秦岭。反正，它们不见了。外面大下，瓜庵小下，外公和外婆就站在瓜庵口上，脸上湿淋淋流下一道道水痕，直愣愣望着外面的汪洋世界。过了好一会儿，浑身泥浆的外婆说要搂着我，我便依了她，却感到她身体在发软发沉发抖。外婆闭着眼，嘟嘟囔囔着，我听不太懂。

夹杂着雷声，地里传来咯蹦蹦的钝响。雨停了，干沟没平，邙山还在，秦岭也在。西山坳那轮红日，像从水里捞出来一般鲜亮，继而，整个世界也跟着鲜亮了。只是可惜了那丛肥嘟嘟的指甲花，被一场猛雨拍落在了泥里。“外婆不是说，它们是西瓜地里的保护神吗？”我暗暗问着自己。可转念一想，又希望地头没有那丛指甲花。如果西瓜刚开花时，就有大群的獐子和其他动物路过外公的瓜田，那该多好！

放飞的麻雀

一

好端端的瓦房，从夜幕里望去，仿若会吃人的怪兽。我不敢看。

牛棚的两只荆条筐上，分别支着一张红薯刨子——半米长、三指厚的木板，中间掏个方洞，安着刀片，便是称手的农用工具。旁边是堆成小山样的清洗过的红薯，不像压着宽大的竹簸箩，倒像压在外公外婆的胸口上，他们一句话也不讲。

刺棱——刺棱，外公粗粝的手掌，握紧同样粗粝的红薯，放在刀口的位置，压，推，再压，再推，或圆或长的红薯疙瘩，便被肢解成厚薄均匀的片状。外公无论做什么，抡锄头锄草，赶牛犁地，就算磨镰刀，也能弄出虎虎生威的气势。好像这样，就能甩掉繁重活计的追赶。

外婆才麻利，一会儿弯腰，一会儿直腰，大大小小的红薯，像是梭子，在她的两只手里来回置换。与外公不同，外婆做活计，随时体现出女性的柔美，纺棉花织布，轮棒槌敲打衣物，撒高粱喂鸡，都能抖落出一条条流畅圆润的弧线。此刻，裹着她的空气，也跟着一起打转转，不时松散她鬓边的头发，她不得不腾出手，抿一下，又一下。一股一股的凉风，刁钻的家伙，也撩拨着挂在木柱上的那盏“气死风”灯，可它们想透过玻璃罩扑灭跳动的灯头，无疑白费力气。这些起灭不定的游离分子，只好搅扰着一团黄色的光晕和一群困在光晕里骚乱的蚊虫。

噗噜噜，牛棚上一阵响动，夹杂着唧唧的声音。那里有窝麻雀，白天四下游击讨生活，天黑后，才能钻到墙头的那蓬茅草里休养生息。应该是万恶的老鼠在侵犯它们，那只老鼠一定还很大！我忙跺跺脚，咔咔咳嗽了几下。一阵慌乱而碎小的脚步声，从牛棚上一溜烟跑了。

我虽然赶跑了老鼠，却招来外婆的催促：“被窝铺好了，睡去。”见我踌躇，外公哼了一声，我心头一凛。外公这个人，眼睛够大，眉毛够黑，却天天拧巴着，好像谁都欠他钱似的。我从心里怕他，可漆黑冰凉的屋子，我更害怕。

外公的哼声，就像一个信号。果然，外婆叹口气，扶膝直腰，在围裙上擦手，讨要火柴，拉着我到了被窝。外婆转身要吹灯，我忙拖着哭腔说：“婆，我怕……”外婆也哼了一声：“自己家，怕啥？”便转身离去了。

屋里有了光亮，我仍不踏实。

瓦房没糊顶棚，胳膊粗的檩条上布满节疤，如一只只异样的眼睛，犀利的，空洞的，魅惑的，惺忪的，齐刷刷盯着床上那个缩成一团的只有六岁的小女孩。耳边，是粗重的呼吸和自己的心跳。突然，那些眼睛恍惚起来，继而躲进了黑暗。一阵过堂风，不但掀动了窗户扇，还扑灭了油灯……黑夜看着平静，却不安生，清晰的事物，一旦到了黑夜，都变得诡异无比。灯灭了，随即就听见野猫在后墙根儿撕扯不休，它们发出婴儿般凄厉的哭叫声，我把被子蒙住头，在害怕中睡去。

二

初冬的太阳，有气无力，悬在同样灰白的天上。

我坐在田埂的一蓬草窠上，看牛吃草。

笨拙的黄牛，舌头却不笨。一蓬野草，不知怎的，就被卷到嘴里。嘴巴宽阔的更像一盘石磨，咯咯嘣嘣几下，软的硬的野草，不伸脖子就被咽了。嘴角挂着两绺白沫，不住在风里摇曳。牛尾巴更灵活，半刻也不消停，左晃晃，右摆摆，没长眼睛，却赶跑了靠近的蝇虫。

寒冷已经冒头，枯草里仍有许多活物。有螟蛉，我叫它小蚂蚱，两条健硕的大腿，一蹦老高。还有灰蛾，翅膀柔弱无力，只能飞一拃远。还有红褐色的虫子，密密麻麻一身腿，爬起来却慢条斯理的，全然不顾冬天已经来临。

有只螟蛉，蹦到我的怀里。它以为到了新世界，却被我捏在了指尖，它慌乱无比，抬腿踢着，张嘴咬着，不停折腾，很快弄断了自己的腿。没有呼号和眼泪，绣花针粗细的腿，悄无声息就与瓜子仁大小的躯壳分离了。它残破的躯体，渗出一抹黄绿的汁液，染在我的指头尖上。好恶心！我忙丢开它，抓把土擦拭着被弄脏的手。

草皮上，还沾着一些来不及运化的露水。运化的，也没离开田野和山坡，只不过，成了单薄而白的流岚。黄牛吃饱了，便卧在地上倒沫儿。外公也锄了几陇冬麦，此刻点了一袋烟，那灰白的烟雾，很快流散在薄薄的风里。外公在锄把上磕着烟锅，脸色却突然一变，一边对我说“回家”，一边抓起牛缰绳。顺着外公的目光，我远远看见了外婆，她就站在路口冲我们招手，风中还隐约送来她焦灼的呼唤声。外公等不及了，刚下到大路，就把缰绳递给我，匆匆走了。

我第一次牵牛，实际上是牛第一次牵我。它比我路熟，我俩没磕没碰到了家里。锄头撂在门边，锄刃的泥巴还在，外公却不见了。我期待外婆能夸我几句，诸如“俺妞真能干”之类，可外婆耷拉着脸，对着饭碗发呆。我问：“外公呢？”外婆说：“有事儿了。”我问：“啥事儿？”外婆说：“没事儿。”我还想继续问，可看外婆一脸不耐烦，只好吃饭，想着没事儿是啥事儿？

睡醒一觉，听见院里有动静。爸妈来了！我精神一振，又是梦？可院子里就是他们的声音！我撩开被子，抓起罩衣跑了出去。

石桌旁，围着父亲母亲和我的外婆。母亲一把接过罩衣，把我揽在怀里，却不让我说话。我噘着嘴，一心不乐意。父亲瞅瞅我，伸伸胳膊，意思是让我去他那儿。我有心过去，可实在受不了他那一身的烟味儿，就在母亲怀里继续委屈。此刻，一只黑鸟落在屋脊上，冲着院子嘎嘎地叫。外婆忙起身，拍巴掌咒骂着。黑鸟仓皇飞到墙外的槐树上，又嘎嘎叫了几声。外婆，包括母亲，脸色越发难看。

“那是啥鸟？叫得真难听！”我仰脸问。母亲脸色一沉，冷我一眼，继续和外婆讲话。一股热流终于冲破我的眼眶，我使劲儿挣开她的怀抱，跑到父亲那里。父亲扔掉烟头，放我坐到他的膝盖上，又在我耳边小声说：“别乱说话，你大舅出事儿了……”

大舅出事儿了？他不是当了上门女婿嘛，他儿子还比我大两岁呢。好端端的，能有啥事儿？可他真的出事了！

“在她家干活受的伤，让她家人管，我不管！”

“好歹连着咱的心，不管说不过去。”

“我养活他一场，没借住一点儿力，如今落难，倒想起来这个家了！”

“话不能这样说，毕竟是咱家人，该伺候伺候，该出钱出钱。”

“咱这穷家，没钱！我养活他长大已经不易，如今塌坑了还让我填，我没这本事……”

外婆和母亲，话赶着话，温度却越来越低。父亲沉默半天才说：“不管好歹，等我爹回来再说。”

哦，外公去大舅家了。

尽管我再不舍，父母亲还是撇下了我。我不顾外婆的撕扯，追着他们的后影哭叫。可有什么用啊！两个模糊的身影，被一条小路带着，消失在苍茫的暮色中，留我继续待在一座沉闷的院子和黑夜里。

外婆煮着晚饭，锅溢了也不觉，昏黄的灯光，让她的脸更加不见了血色。一锅饭，除了我，没人动。午饭都没吃的外公，估计是饿过了，他脸色铁青，一句话也不讲。外婆时不时落泪，叹口气都显得小心翼翼。

三

十一月初三，大舅回来了，右手裹着纱布，他的面相比外公还冷，我不敢看，却忍不住看。众人把他从板车上抬下来，他闭着眼睛，两只胳膊抱在胸前，谁都不理。四五个壮汉搂腰抱腿，才把他弄到床上。大舅裤子上还扯着一根黄色胶皮管，连着一个透明的塑料袋，里面是半袋子黄色液体。我好奇，却没有问，总暗暗担心它会脱落。

大舅被安置在地坑院。破败的窑院，不因大舅的回归而焕发生机。似乎，这里从未住过人，从未有过几代人的生命之重。地坑院东边有两个窑洞，深一点的，前半截是厨房，半圆的墙壁上乌漆麻黑，烟熏火燎过的痕迹。后半截喂养牲口，鼻子略使劲，就能嗅到一股腥臊味儿。浅一点的窑洞，扔着些杂物，同样落满灰尘。

靠西墙有棵自然生长的枣树，此时叶子落尽，却长满了麻雀——那些毛茸茸的小东西，左右离不开枝头，倒像与树木连成了一体。大概只有它们，才不嫌这里荒芜。猛然间见到这么多人，它们大难临头般叽叽喳喳个不停。

西窑屋长久不住人，积存着一股噎气——潮气、土腥气、动物粪便混合发酵的气味。外婆事先打扫了好几遍，也用艾草熏了，可烟火味儿照样不能遮掩住这股怪味。

帮忙的人中，有几个是大舅的同龄人，本想和大舅搭讪几句，可大舅通身一副拒人千里的模样，于是人家纷纷找借口走了。而大舅自己何曾想到，命运的潮水，又一次让他搁浅在了这张木床上。

外公外婆也走了，留我陪着大舅。

日子如树叶，片片生，片片落。大舅不能动弹，却错不过一秒钟的光景。每当我想家了，我不和长着翅膀的麻雀比，我和大舅比，我是幸福的。

这天，我在窑洞口玩儿，就听啪的一声，有东西落在眼前。我定睛一看，立刻嗷嗷哭了。窑洞里的大舅，连声问我咋了。可巨大的恐惧拘着我，让我一不会说话，二不会抬腿，除了哭喊，还尿了裤子。

大舅不再问话，骨碌碌爬到门外，一把抓起那个罪魁祸首，胳膊一挥，抡到了远处。然后他趴在地上冲我说："假的，塑料的，不怕啊，乖。"

大舅是个骗子，那明明是一条蠕动的真蛇。大舅又说："真的有啥怕的？冬天都冻僵了，又不会长腿来追你！"说完，大舅翻起袖子看看，胳膊肘一片鲜红。放下袖子，他恢复了冷脸，往窑屋里爬。

他才是一条冻僵的蛇。

半米高的床，横在大舅面前，就像一座难以攀登的山峰。他胳膊攀着床沿，却无法将整个身体弄到床上。他呼哧呼哧喘着粗气，试了几次，额头上的青筋突突跳着，眼睛里也涌现出一片血丝。我忘了哭，跑过去搬着他的腿，可沉得就像两根死木头。我想去叫人，大舅不让。经过数次失败，那张木床终于接纳了他。

我不哭了，大舅却哭开了。开始他蒙着头，只能看见被头耸动。后来，他干脆掀开被子，呜呜大哭。这是我换完棉裤，回来时看到的。大舅边哭，边啪啪捶着自己的腿，就像捶着一个毫无生命的沙袋。

那虽是人间烟火，却是每个人心头不灭的希望之光。

一般小孩的哭声，只能让大人烦乱；大人的哭声，却让小孩害怕和心痛。

此时此刻，我只是心痛。我边哭边劝大舅不哭，还说他一定会好的。大舅却更加难过，眼泪泉涌一般涌出眼眶，汇成哀伤的海洋。

我们甥舅二人，哭了个天昏地暗。感觉那天，是我人生中第一场融入感情的大哭。如果大舅不止住哭，我感觉我会哭死。最后还是大舅说："乖，咱不哭，大舅会好的。"说这话时，他望着门外，枣树不远处，有片结籽的狗尾巴草，几只麻雀在啄食。

两天后的晌午，来了两个警察，那股不速之气，吓得麻雀们叽叽喳喳，也吓坏了我。他们系着武装带，还挎着枪。外公领着来的，年纪稍大的掀开大舅的被子，另一个也凑过来，两人看看，又交换了下眼神，走了。

人都走了，我问大舅他们来干啥。大舅说来抓他。我问抓他干啥，大舅说他杀人了。见我目露恐惧，他又说，他杀的不是人，是畜生。哦，畜生啊，我松了一口气。不对啊，警察也管这个？照这样，俺村的哑巴早都被警察抓走了，被他剥皮剔骨的猪狗，不知道有多少哩。

原以为，大舅会笑。可他直愣愣的目光，只是瞪着窑顶——那里除了一棱一棱镢头留下的痕迹，什么也没有啊！

后来得知，大舅杀的不是畜生，是怂恿着水芹和大舅离婚并把他赶出家门的小舅子。

四

再没有比雨夹雪的天气更让人厌恶的。雪花，本是飞舞的花瓣，却被雨丝纠缠着，一起坠入泥泞。

外婆家的上房和厨房之间，每逢雨天，就会垫着几块砖头。一群鸡，哼哼唧唧，嘴上是泥，爪上也是泥，不停在院里行走。走几步，一团屎，再走几步，又一团屎。一会儿工夫，本就稀活活的院子，更加令人作呕。我站在门槛上，挥着竹竿轰着，它们死皮赖脸，无知无觉。真想一竹竿敲断它们的腿！可这个想法刚在心里露头，我就惊悚地感受到了自己内心的邪恶。

天刚放晴，我去看大舅。大舅醒着，被子掀在一旁。大舅个子高大，一张床占得严严实实，可他的腿肚和脚脖也太细了些。见我来了，大舅冲我摆摆手："过来，使劲儿掐！"掐？大舅从牙缝里，清清楚楚又挤出一个"掐"字，还让我不要害怕。

无奈，我只好捏着一片皮肉，像是木头，不对，橡皮才够准确。冰凉，毫无弹力，捏着活人身上的这样一块皮肉，内心非常无助。明明我用力了，可只是一道白印。大舅微笑着，示意我再用些力。于是，我只好并起指甲，使劲儿掐。湿冷的皮肤，却是那样松脆，真就裂开一个小口，最后由一道缓缓加粗的红线，凝结成一粒小小的豆子。

许是弄疼了大舅，他的眼睛开始泛红。我忙说：“我说我不掐，你非让我掐，看看，掐疼了吧？”大舅明明想对我笑，却猛然甩着巴掌，捶打着自己的腿，还有脑袋。

大舅疯了！这个念头撵着我跑出了窑洞。

外公不在家，外婆在淘粮食，闻讯老人家忙放下簸箕，颤巍巍下到窑院。外婆明显老了，背驼得更加厉害。那惊人的一幕，外婆没有看到，像什么事都没发生，是我撒谎一般。外婆站在床头，慢慢说：“斗啊，娘只能劝你往开处想想，怎么过都是一辈子啊。”大舅闭着眼睛，像是睡着了。外婆又说：“咱家是不富裕，就算我死了，还有你姐姐弟弟和妹妹呢，别胡思乱想，说不定说好就好了，也未可知。”大舅仍然睡着。外婆最后说：“我上去了，麦子还没淘完呢。”

外婆走后，大舅醒了。大舅眼中涌出大滴大滴的眼泪，像汹涌的马群，奔跑在绣着绿草红花的枕头上，踢疼了我的心。

大舅正伤感，外婆又来了，说：“水芹和大志来了。”大舅眼皮微微一动，没吭声。水芹可是大妗子，大志是大舅的儿子啊。

我殷勤地给大妗子搬来凳子，好让她坐在大舅床边。可她嘴里说着“呀，这是俺姐家的闺女啊，真伶俐啊”，人却在窑洞口没进来。大志更过分，躲在水芹身后，连一眼都不看我的大舅——他的父亲。似乎，母亲的身体是他的壁垒。外婆微微叹气，招手让我和大志跟她走，说要给我们煮鸡蛋。

我心里一喜，大志犹豫一下，也同意了。

鸡蛋煮熟还没放到凉水里——外婆说，这样鸡蛋皮好剥。就见水芹披头散发跑了上来，眼泪流了一脸，可外婆连一句安慰的话也没有。水芹又捋下头顶，掌心落下一撮黑发。大志立刻哭了，嚷嚷着要走。突然，我很同情大志。外婆忙拿鸡蛋哄着大志，两眼噙着泪水。

后来得知，水芹要和大舅离婚，大舅打了她。

水芹走了，又下起雨夹雪，村口都是人。

送罢水芹，外婆拉着我，目不斜视回到院里，继续淘洗麦子。她的脸色，在阴沉沉的天幕下，浑如泥浆。那些圆润流畅的弧线不见了，她还屡次把麦糠倒在干净的麦籽儿里。错了，错了，我提醒她。外婆喃喃地说："是错了，大错特错了……"一晌工夫，似乎又有一层雪，落在了外婆的头上。我想外婆除了伤心，一定还在发愁：这一大布袋湿漉漉的麦籽儿，怎样晾晒啊？

院墙外，光秃秃的槐树枝上，几只落汤鸡一般的麻雀，虎视眈眈，看着我们。

后来才知道，等水芹靠近了，大舅一把揪住她的头发，大舅不会走路，但他还有一双健康有力的臂膀。水芹挣脱不开，索性停止了反抗，满脸绝望地说："你没杀死我弟弟，今天又打算打死我，你先别急，等我把大志叫来，咱一起死，反正也没啥活头了！"她这样一说，大舅反而丢开手，盯着水芹——自己同床共枕了六七年的妻子说："走吧，再也不要回来！好好养着大志，如果他愿意，将来给我坟头上压张白纸都中……"来年秋天，水芹便跟着一个外乡货郎走了，没带大志。

我母亲无论何时提起水芹，都说她没良心。在她眼里，我大舅才可怜，虽然他知道亲妈是谁，人家却不认。外婆抱养了他，但因为大舅心里总憋着一股气，他与养父母决裂，当了上门女婿。他以为，只要甩开膀子不惜力，好日子就能光临。然而，魔咒一般，他转了一圈，又回到了原点。至于杀人，母亲说："兔子不急不咬人。"

六年后的冬天，大舅死了。不到两年，外公和外婆相继离世。一九九七年，外婆家老宅拆迁，大志又把户口、姓氏都迁了回来。清明上坟，却死活定不准大舅落葬的坟地——因为修路，那片地方塌了半边，所以大志那张表明大舅后辈有人的白纸，是否压对了地方，也未可知。

五

水芹走后几天，大舅连续几顿都不吃饭。许是天气不好，许是永远追随的尿骚味和肌肉腐烂的味道，让大舅倒了胃口——大舅生了褥疮，胯骨尖，尾巴骨，但凡骨头挑着的地方，都血淋淋模糊一片。一想就瘆得慌。亦或许，是雨天赶不成集会，大舅做的老鼠拍卖不掉——有段日子，大舅让外公给他找来工具，他试着做一些老鼠拍子、老鼠笼子等物件，用来打发时间，也证明自己活着还有用。

外公阴沉着脸，坐在大舅旁边。头发灰白的外婆，低声埋怨着恶劣的天气。我不敢说话，坐在床沿上。几天来，几拨人来了又走，走了又来，可大舅一口饭也不吃，只喝几口水。来人还未张嘴，他就让来人不用劝他，说他就是一个废物。还说外人永远不会理解他的痛苦，如果真为他好，就给他一包老鼠药，让他一了百了。

呀，我差点上当。就在前天，大舅让我去外婆屋里找老鼠药给他，我找了，没找到。多亏没找到，否则我也成了杀人犯。大舅这个伎俩，也哄过儿子大志，只不过，大志找到的杀猪刀，捅进了自己舅舅的肚子。大舅居然又故技重施，只不过，他是想结果了自己的命。

大舅最终也没饿死，是外婆的眼泪感召了他。外婆哭着说："斗，你身上胞衣未尽，我就把你抱回来，当亲儿子看待。二十几年的光景，不管你多恨我们，我们也不恨你。看着二十几年的情分上，你就吃口饭吧，我不图你养老送终，你也不能让我们落下一个饿死你的名声吧？生死有命，你如果诚心要死，我也不活了！你不吃，娘也不吃。你啥时候吃了，娘再吃……"外公紧绷的脸，再也支持不住了，他一边抹眼泪，一边说："孩子，你若这样死了，我也这样死吧。"

这个要死，那个要死，世界仿佛到了末日，虽然那时我还不懂死的真正含义，可我又被大人的哭声给弄哭了。“你们都不能死！外婆，你还要坐我开的飞机呢。大舅，我长大了要医好你的腿。外公，你更不能死，你最喜欢吃肥肉，我要开个大饭馆呢。”一口气说完这些，我就号啕大哭。外婆清鼻涕流了很长，却也顾不上擦，一道道眼泪像放开的闸门。

大舅呜咽着，干瘦的胸脯把被子顶得一起一落。见外婆几乎哭闭气，大舅才忍住哭声对我们说，就算再怎么着，他也不死了……

除了吃饭睡觉做老鼠拍，大舅一直一个姿势趴在床上，双肘支着下巴，大大的黑眼珠盯着窑洞口。

那里一群麻雀，才不理会人间疾苦，或追逐觅食，或振翅私语，只顾自己清欢。也时有战争发生，大多为一口吃食。有两只麻雀，前一秒还你亲我爱，后一秒就因为半穗野谷，斗得羽毛乱飞。大舅一直盯着它们看啊，看啊，入神得很。

又下雪了，一群麻雀在枣树上飞来蹦去，弹落下一把把银屑样的雪花。麻雀的喧闹，终于让大舅不再沉默。这天半晌，他吩咐我，去扫一块空地，支上筛子，撒上谷子……我虽然笨拙，但还是布置好了捉麻雀的陷阱，绳子大舅掌握着。

突兀出现的筛子，让麻雀们不知所以。它们站在崖头上，叽叽喳喳，东张西望。先是有几只轻轻落下，又立刻飞走。如此几番，发觉筛子只是一个死物，这才放心地踱着步子，唱歌，觅食。

有一只麻雀，眼比较尖，很快发现了筛子下的谷粒。它很兴奋，小脑袋左摆摆，右晃晃；身体前进进，后退退。大堆的谷粒，让它很纠结。于是，它歪着脑袋想了想，叽叽喳喳招呼着同伴。一只跟了上来，又来了一只，它们互相打了招呼，这才蹦跳着靠近了谷粒。

我屏住呼吸，拳头攥着，里面都是汗。眼见它们蹦到了筛子下面，我忙说："大舅，拉绳子！"筛子倒了，却一无所获，是我的喊声惊动了它们。大舅并没有像指挥我布置陷阱时的急躁，他说："没事，不急。"

他不急，我急，我急着吃肉呢！好容易，我攥着几次三番才俘虏的一只麻雀，以胜利者的姿态数落着它。它惊恐不安，在黄褐色的瞳孔里，我看见了一个得意扬扬、指手画脚的黄毛小丫头。

"咋吃了它？"我问大舅。大舅轻轻摇头说再逮几只。一晌午下来，共有五只麻雀落入陷阱，大舅用细绳串着它们的脚，让我拎着。

我很高兴，跟要过年似的。我六叔就喜欢捉麻雀，他的弹弓百发百中。逮住麻雀后，不拔毛也不开膛，直接埋炭灰里烤熟。别看麻雀小，可胸脯上那两疙瘩纯肉丝儿，越嚼越香，一想都忍不住流口水。

可大舅似乎越来越不高兴，还一直望着外面。

我顺着望去，看见雪地上空荡荡的，除了几片羽毛和杂乱的脚印，曾经欢腾的风景荡然无存。麻雀脑袋再小，也长着脑子，接二连三的遭遇，让它们意识到了危险。筛子下面的谷粒再怎么诱人，它们也不敢落下了，甚至飞离了枣树，只站在高高的崖头，叽叽喳喳冲着筛子抗议。它们觉察到了，只要筛子一倒，就有同伴被俘。它们却不知道，陷阱的机关就是那根攥在一个瘫在床上的男人手里的绳子。

麻雀不再落下，筛子干张着大嘴，望着雪地上自己半圆形的阴影，静默不动。

同时空寂的，还有大舅的眼神，似乎飞走的，不是麻雀，而是大舅的魂儿。

五只麻雀在我手里扑棱棱弹动，我讪讪的，终究还是问大舅咋办。大舅这才回过神，摆摆手，使唤我说：“去，到屋外去，解开绳子，把麻雀放了！还有，把筛子也撤了。”他的声音不高，但很坚决，我虽有不甘，却不敢反驳。

最后一只麻雀，也腾空而起，飞到崖头上去了。我多么希望，大舅也是一只麻雀。

磨坊一九八三

“始建于一九八三”——街角新开面馆的招牌上，几个字在雨幕中赫然生辉。新店开业，馆内食客却不多。这年头的人，什么阵仗没见过？不像过去，老家上个房梁，热闹的场面就像是皇帝娶亲。为了抢到几个飘梁豆——指头肚儿大小的白面馒头和几个糖果，大人孩子无不仰着脸，猫下腰，甚至趴在地上，在布满泥土瓦砾的地面上你争我抢。此时，人们毫不顾及乡里乡亲的颜面。明明他先看见，俯下身刚要伸手去捉，另一只手却闪电般把糖果攥在了手心。我的内心，也非常渴望抢到几颗，但我还是站在圈外，眼巴巴看着房顶上撒糖果的手能向我倾斜一下。撒完飘梁豆，接着是放鞭炮。大串的鞭炮，火红火红，从房梁一下垂到地面，四溅的碎屑与震耳的响声，揭开一家人幸福的生活……那个白围裙的服务员，不，应该是老板娘，她紧盯路人的目光和殷勤的笑容，让我做出的这个判断。

我避开她灼灼的目光，径自走在雨里。一九八三年，很遥远吗？

那年，我上二年级。麦天刚过，大伙都累疲了。一个上午，父亲差我轮番请几个叔伯来家里议事。事先他们并不知道啥事儿，可父亲刚开口，他们几个却好像提前通过气一般，一致持反对意见。大伯不吸烟，脸皮却总是焦黄无华。他慢吞吞地说："老三，你刚出院，这些操心费力的事儿，不适合啊。"说完从上衣口袋掏出两枚一分钱的硬币，咯吱咯吱夹着本就稀疏的胡须。四叔、六叔是两杆大烟枪。桌子上那两包邙山烟，一会儿就瘪下了身形。窑顶上，烟雾缭绕，时不时落下尘土，我便忍不住打喷嚏。父亲开始不抽烟，后来也跟着抽。

四叔皱着眉头说："开磨坊是体力活，那六七亩地都够你们种了。"五叔嫌呛，拉个板凳就坐在门口，他倒是没言语，但听了几句就站起身，拍拍衣襟说："老母猪要生猪娃了，离不了人。"他让叔伯们先说着，自己先走了。五叔一走，几个叔伯也都找借口走了，剩下一地大大小小的烟蒂。

春上，父亲又因吐血住了五十三天的医院。不到俩月，母亲的头发竟然白了一半，脚步也变得踢踏。父亲出院的那天晚上，恰逢村里停电。木桌上立着一支蜡烛，烛焰不停地跳跃，如同我欢快的心。父亲住院期间，母亲很少回家，除非回来拿一些东西。每当放学，望着空荡荡的院子和屋子，心底压抑不住的忧伤。尽管哥哥们很温顺，可我心里的失落，他们却无法填满。灯影晃动，我打开五六个棕色的玻璃药瓶，悉数取出每顿服用的剂量，放到裁好的报纸上，又一个个包好，放在父亲枕边的木盒里。一阵咳嗽过后，父亲无力地倚在床头。望着消瘦倦怠的父亲，欢喜的心瞬间沉寂了许多。

母亲收拾完厨房，便来灯影下洗衣服。她边洗边说："河东老铁家添置了一台新电磨，旧的不要了。"父亲没说话。母亲说："咱家开个磨坊吧？"许是母亲的口吻太过热情，父亲只好说："人家淘汰的，估计不能使唤了。"母亲却说："打听了，也没用几年，就是型号老，磨起来不快而已。"父亲问："多少钱？"母亲说："一百五。"父亲长叹一口气，屋里旋即只有母亲的搓衣声。

又一簇烛泪淌了下去，未几，便凝固了，像上了冻的浪花。灯头一跳一跳，内焰中那豆大的蓝光，忽而变大，忽而变小，总是突不破两圈红火的包裹。忽闪的烛光拉长变大了屋里所有的物件，有棱有角，印在墙上、地上。连我瘦小的身板，也被它凑到了屋顶上。头如斗，手臂如椽，我就像个蓬头巨人。我这边摇头晃脑稍微一动，影子便张牙舞爪十分威猛。"我真有那么高大威猛就好了。"我望着影子对自己说。

母亲继续着她的话题，说："中午和晚上磨上几个小时，一切花销就不愁了。如果再勤谨些，三两年内翻修下房子也不是没有可能。"可父亲又说："磨坊安置到哪儿？""咱大伯家废弃不用的院子里。"母亲很快说。看来母亲早已盘算好了。

母亲说的大伯，是我本家的远房大爷，在大奶二十岁那年他就病死了。听祖辈闲聊，说他是识文断字的秀才。一九八一年，大奶还活着，她有七十岁或是八十岁，我没细究，因为那时我才六岁，还没有一个完整的时间概念。总之印象里，她满脸皱纹，一头白发，成天拄着一根烧火棍弯腰站在大门口。大路上人来人往，上地或者下地，上点岁数的人，也会和她简单打个招呼。但年轻点的就径直过去，似乎她就是一尊不言不语的雕像。那只黄狗，倒是不离不弃，头拱着主人的小脚，也一动不动卧着。

我却知道，像座木雕的大奶那凹陷在眼眶里的两颗眼珠，是会发光的。可我不敢与她长久对视，不待与她的目光接触，便忙跑开了。一来她的目光太过幽深，里面似乎有条乌压压的小路；二来我做下过亏心事而心里发虚。

大奶家门口两边，种着两棵苹果树。春天开粉花儿，秋天挂红果。麦口前那铃铛大小的青果子，也足以吊起一帮小孩的胃口。那时候，小孩子们只长了俩心眼，一个吃，一个玩儿。但说是玩儿，其实还是为了吃。大中午，三五成伙的男娃女娃不睡觉，要么河滩里摸河蚌鱼虾，要么上树摘果子。石头烧热了，将摸到的河蚌放在上面摊开。不一会儿工夫，河蚌壳就裂开了，里面一团白肉，放嘴里使劲儿嚼，泥腥里透着一股香。如果运气好，会摸着鲫鱼或者一拃长的青虾，味道比河蚌好。但弄不好，谁的脚丫子还会被淤泥里的尖石头或者玻璃碴子割破。

而树上长的东西，就十分诱惑人，比如枣、石榴、核桃和苹果。核桃不到六月六，果仁还是一团没滋没味的黏糊，最要命是褪核桃皮时，手染了黑色，好久弄不干净。石榴不过八月十五，籽多肉少，嚼起来只是满嘴渣滓。枣子不发虚，也没啥味儿。苹果好像温和多了，大小都多少带点甜头。

心再痒痒也只是痒着，想偷大奶家的苹果，门都没有。刚挂果，酸枣刺就密密实实栅了树干一圈。大奶给苹果树穿了这件“软猬甲”，连只狸猫也无法纵上去，何况是人？这还不算，老太婆也不嫌腌臜，提来个粪罐，用根破笤帚在里面一通搅和，然后蘸着往树干上抹，老远就闻见一股恶臭。也不怕染臭了那些果实！

树干高，大奶个子低，她擎着笤帚，粪汁会滴答到她的袖口里，于是她便张嘴开骂。农村一些妇人，尽管不识字，生来却会骂人，什么刁钻骂什么。譬如邻居张大娘，看到大门口的狗屎立刻就扯开喉咙骂道：“谁家的爹没拴好，跑到我家门口屙屎了？”而大奶的骂词传统些，可“熬货”“天杀”“死鬼”一个也不落下。每逢大奶开骂，黄狗便会起身撵着自己的尾巴梢转悠。大约它也蒙圈了，大奶天天骂，到底在骂谁呢？

具体在骂谁，没人去问，有捡东西的，可没人去捡骂。

可我听着，大奶倒像是在骂自己，因为她末了总会骂上一句："你这个丧门星啊！"在大人们嘴里，大奶就是个丧门星。因为大奶的遗腹子长大后，在兰州开火车，却因为锅炉爆炸，当场就死了。大人们传她命硬，早年克夫，晚年又克子，是丧门星下凡。虽然大奶的一切都值得同情，可人们各自都有一河滩的艰辛，只有闲暇时人们才把旁人的苦难当作生活的调剂品，说三道四一番。

大奶家土坯院墙比一般人家的高，但那棵茂盛参天的核桃树一眼就能看见，是个乘凉、做针线的好去处，可婶子大娘们，谁也不会提议去那里做活。至于院内其他的光景，我有心知道，却没胆量去探知。小孩子的世界里，时而妖魔横行，令自己胆小如芥；时而又万事不足挂心而胆大包天，尤其当遇到诱惑时。

那天晌午，偌大的村子里盛满了麻雀不知困倦的叽喳声。我拎着一个破竹篮溜出家门，本想去河边刮虾米，路过大奶家，竟然鬼使神差一般，从柴火堆抽出一根竹竿，就往苹果树上戳。没等挨着边，就听见大奶一声断喝："干啥？"接着是黄狗汪汪的怒吼。呼隆一下，全身的血液都涌到了脸上，我没敢扭头，扔下竹竿就跑，生怕后有追兵。等跑了二里半，我也没弄清楚，大奶是何时何地冒出来的？我明明观察了，大奶和黄狗都不在啊。

万幸的是，黄狗没有追过来，大奶也没骂上门。

磨坊安到大奶家？怎么可以！一九八二年秋天，在大奶死后，那宅子一直空着。两棵苹果树，竟然也毫无征兆地死了。白天尚可，但在有月光的晚上，我一眼都不敢瞅。那棵核桃树，倒是疯长，枝叶抻出墙外，眼见快罩住了大门楼——只不过，那下面再也看不到大奶的身影，她被钉在棺材里，就囚在这个院子的一孔窑洞里。好多天，人们才无意提道："咦？那只黄狗咋不见了？"

院子里，很快长起来一人深的蒿草。我们几个小孩曾互相壮胆，扒开门缝冲里喊了一声，草窠腾地窜起一个活物，很快又不见了。那是啥？窜哪儿了？是上天还是入地，谁都没看清。这情形令我们顿作鸟兽散。

由于涧河连年涨水，陆续有人迁到了新村，老宅院隔三岔五就要空几所。树木占据了村庄，少有人涉足老宅院，除非是取放一些庄稼人的物事，譬如大棚用的竹竿、竹篾、草苫，或者丢弃不用的车梯架子。老村里剩下不足二十户的人家，天略黑点，我走在寂静的村子里，心里不自觉发毛，尤其路过大奶家时，脑子尽量不做他想，匆忙地跑过去。似乎大奶依然站在老地方，用幽幽的目光瞅着我。又似乎，院子里随时会窜出什么，把我拉进去一般。

母亲居然要把磨坊安置到那所恐怖的院子里去！

我没资格插嘴，父亲沉默，可母亲的话题还在继续。她说，剩余的两孔窑洞，一孔安置电磨，一孔储藏粮食。大奶家的窑洞宽阔且深，能藏住声响。还有，大奶没有近亲，我们算是一家子的，父亲只要和队上通个气，就能无偿使用。其实，也只有母亲这样想，谁会看上那样一所院子呢？听母亲分析得头头是道，父亲坐直身子，面皮透光，说明儿他就去找老铁。

午饭前，父亲回来了，满脸喜气，连说老铁仁义。老铁娶了个陇西老婆，在落户口时，生产队里百般刁难，当时在大队的父亲看不过帮了几句腔，事情居然办妥了。这点顺水人情老铁居然记着，而且老铁说，旁人一百五十元，一个子儿不会少，却只收父亲一百二十元的现洋，还说无偿提供技术支持。

面团在母亲的手里，快活地翻滚着，两人算着垒台子需要几袋水泥、多少砂石的花费。突然，父亲说："老铁家的磨坊老，远近人都知道，我家会不会没有生意？"母亲停止擀面，掰着指头说："我们大队两千多口人，人均一亩地，一亩地两季庄稼，加起来就算只有五百斤，一年也有五十万斤，老铁一家根本忙不过来。何况刚麦罢，生意差不了。"父亲一边捣蒜泥，一边夸母亲是女诸葛。

但是一百二十元的现洋，去哪儿筹集呢？父亲想到了他的弟兄们。

父亲弟兄七个，他排行老三。二伯、七叔在外头工作。大伯是村里出名的庄稼把式，四叔是出色的泥水匠，五叔是一头沉的工人，六叔是木匠。他们的家底都比我家好。虽说弟兄情长，但遇到难处，父母很少向他们张嘴，母亲怕那一群妯娌的明敲暗打，何况我的叔伯们只是婶娘们的搂钱耙子，婶娘们才是管钱匣子。父亲在病前，也是三里五村的主事人物。无论大队小队，或者家务事，父亲都有能力去主持二三，可自从病倒后，除了几个同学时不时来串门探望，其余人等都离得远远的。六叔倒是来得最勤，可每次他都不会空着手走。用作翻修房屋的海碗粗的木材，隔三岔五就被六叔扛空了。

母亲打扫着满地烟蒂，父亲闷不作声。母亲说："活人能叫尿憋死？我明儿就去找咱大舅去！"父亲抬抬手，又垂了下去。

母亲春节带我走过亲戚，见过那个可爱的白胡子老头，我管他叫大舅爷。大舅爷其实是我母亲堂婶的哥哥，母亲随着叫他舅舅，却没有一点血缘关系。春上得知父亲生病，大舅爷就送来了一百元钱。难怪父亲迟疑："旧账没还，又摞新账，不太好吧？"母亲笃定地说："大舅不是那样的人。"

母亲起个大早，蒸了两笼白馍。那时串亲戚，最讲究是拿二斤红盒子点心，再不济也是油条和糖糕。父亲说："不中晚几天去？鸡蛋攒了快一罐了。"可母亲说："大舅家不差这个，就算空着手，大舅也不会争敬。"想到大舅奶近些年眼神不好，于是她坚定地按照自己的意愿准备着"礼物"。她专门去借了一只油青色的新竹篮，铺上洗净晾干的核桃叶，再把一个个馒头放进去，又盖上核桃叶。"看上去没那么差劲。"

母亲笑着说。日头刚露头，母亲就挎着篮子出门了。母亲挺直的脊梁消失在门外，父亲的目光才收了回来。

临到晌午，母亲回来了，篮子里是五斤白糖。尽管她满面红光，神情就像父亲从老铁家回来时一样，可眼里雪白的泪光却藏匿不住。多年后，母亲提起此事，语气里还充满了对大舅爷的怀念。

果如母亲所料，借钱这事儿一点疙瘩没挽。听罢母亲的来意，不待大舅爷吭气，大舅奶就去里屋取了钱。老两口同时说，这些钱不用急着还，他的三个儿子吃的都是商品粮，家里不缺花销……母亲出了门，拐到一个厕所里，把几张票子用手绢包好，放在贴身处，几乎是捂着走了回来。父亲也连说：“大舅真是慈善人啊！”

母亲猛然想起来：买机器的钱有了，水泥砖头等杂项却忘了算。父亲说，不难，不是还有条涧河嘛。至于水泥，他一个同学家正修房子，他可以去张嘴借两袋。借水泥之前，父亲先去了老铁家。

盛夏的天，能晒出油。

父亲拉着架子车，非要母亲和我一起坐上去。母亲说：“让人家看见笑话，何况你病刚好。”父亲拗不过母亲，却坚持让我坐了上去。母亲牵着襻绳，不住和父亲说着前景的光明。尽管一路上叮叮当当、坑坑洼洼，小身体颠得快散了架，可我还是很高兴。

那时候的涧河，水面还有二十几米宽，隔几年一次的涨水，旋出大片大片的沙滩地。说来挺有意思，涧河虽然毁了岸边的田地，但衍生了人们盖房所需的砂石。这里长满了杂草，遍布鹅卵石，可现在也成了我们家索求幸福的宝地了。

沿岸很多大小不一的沙坑，但都有主。走到离村五里多的高家崖，我们才找到了理想的取沙地。母亲用镢头破开长满抓地龙的地皮，又整理出旭砂子的场地。父亲往手心呸呸吐了几口唾沫，拿起铁锨开始挖，母亲也不甘落后。河滩地表面平整，可地下没那么太平。父亲忙了半天，半米厚鹅卵石层还没挖干净。遇到大如脸盆的石头，得用手抠出来扔到一边，这些石头，沾着泥沙湿漉漉的，有的能看到好看的花纹。可父母才不管这些，只顾挖啊挖啊。父亲刨了一会儿，就上气不接下气，剧烈地咳嗽起来。母亲让父亲一边歇歇，说她能行。母亲镢头、铁锨并用，一晌工夫终于挖到了绿豆石层下面的粗砂层。

沙地的肌理一览无余，那黄里透赤的沙子，经过漫长光阴的跋涉，终于暴露在了阳光下，这些颗粒均匀且不带大块黄泥的沙子，正是父母急需的宝贝啊。母亲仰脖喝了几口水，对父亲说："咱们运气真好！"说完，跳下去继续挖。渐渐地，只能看见沙坑里飞出一锨一锨的沙子，却看不到母亲的身影。他二人轮替着上来、下去，沙子便像小山一样慢慢长高了。母亲说："这个沙坑咱没事就来挖，盖房子用得着。"

这些沙子要想用，还要进行淘洗。母亲又把它们装在有挡板的架子车上，卸到一处流水平稳的浅滩里。大坨大坨泥黄色的浑水，晕开，又流走。淘洗干净的沙子在阳光下，像一颗颗发光的珍宝。父亲驾辕，母亲拉着襻绳，我也使劲儿推着车轱辘。河里尽是石头，车轱辘歪歪扭扭地走着，走着，终于到了岸上。我摊开发红的手掌让母亲看，母亲夸着说："添个蛤蟆四两力。"我却不乐意了，母亲怎能把我比作丑蛤蟆呢？

水里的车辙，被水冲平了，可滩地上那深深的车辙印，久久不会平复。由于这是掏力气的重活，父亲不住的咳嗽声让母亲害怕。她力所能及的活计，都执意不让父亲参与，说他在一旁坐镇就好。父亲也没闲着，不停拣着沙子里的石头。如果能尝一口，那几天的涧河水一定是咸的，因为里面洒下了父母亲如雨的汗水。

经过几天的劳作，万事俱备了。晚上用湿毛巾塌着被架子车襻带勒肿的肩膀，母亲却说没事，明儿就好了。是啊，明天就好了。

经过修整，大奶家颓败的院子终于露出了清晰的眉眼，也有了生机。人来高的蒿草放倒后，装了满满三四架子车，才算清理干净。母亲把地面用锄头细细锄了一遍，挖出了那些残留的根茎。然后，又寸尺不落地泼上水。晾到半干后，再用大扫帚细细扫去浮土。院子更加宽阔明亮了。

除了大门左侧那棵核桃树，东边窑洞门口几步远，还有一棵石榴树，看样子很老，扭曲的枝干上挂满了拳头大的果实。树边上，有张不大的石桌和一个石凳，石桌上零星散落着黑黑的碎核桃壳。也许大奶生前常坐在这里砸核桃吧。而西边窑洞不远，是几棵葡萄树，匍匐在草丛里，杂草清除后，才显露出身形。皴了皮的枝条虽然粗实，叶子却破败不堪，翻遍了也不见一粒葡萄。

四叔和六叔主动过来帮忙。四叔当大工，母亲做小工，三天时间就收拾好了搁置电磨的台子。他交代母亲说，要多洒水，并用麦糠盖上，这样台子就不会裂口。六叔也顺带做好了面柜，连窑洞的门也修整了。一切看来，都是崭新的。磨坊开张那天，一千头的大地红，响彻了整个村子。那孔搁着棺材的窑洞，似乎也没那么恐怖了。

接下来的日子，就是父母亲轮替流汗掏力的岁月。这台二手货，并不像老铁说得那样轻易就能使唤，铁家伙像头倔强而老迈的牛，吭哧吭哧，就是不下力。开始没人上门，除了拿自家麦子练手，母亲还四路撒帖，让七大姑八大姨免费来试磨，几个叔伯自然不用提了。其间，老铁来过一趟，也算兑现了他的承诺。

累死累活的，母亲终于掌握了使唤它的诀窍。她不但学会了更换磨瓦——打开电磨的肚子，松开倒拧的螺丝，抽出来像灯罩一样一棱一棱的家伙，就是它们，把一粒粒粮食磨碎的，还会更换保险丝，因为电压不稳，保险丝时常会烧了。起初是父亲来换，可母亲嫌费事儿，就让父亲示范了一次，她很快就学会了。除了这些，补箩也非常重要。一不小心，麦子里暗藏的石子儿、玻璃片，或者铁丝，轻则割破箩布，重则硌坏磨瓦。箩布破了，麦麸就会漏到面里。所以说，母亲托起三十斤一桶的麦子，一桶一桶往料筒里上料的同时，还得手眼并用，迅速拣出那些异物来。一旦发现异常，母亲就要拉下电闸，把磨瓦和箩圈取出来，检查一遍，再拿细如发丝的丝线缝好，粗线缝纫，会拧个疙瘩，影响下面。

最让母亲担心的，是麦子的干湿度。那时候，农村人磨面，事先会把麦子淘洗干净，晾晒后再来加工成面粉。有的人图省事，把麦子往太阳底下一摊，就忙其他事儿了。但焦干晒透的麦子出面率低，磨出的面还很黑，蒸出的馍乌黑发青，像是红薯面的。有的人不会提前打算，等面缸见底了才忙着淘洗麦子，麦子还没经风就来加工。这样的麦子，看似颗粒饱满，却沁满了水分，电磨再使劲，一晌午连一百斤也磨不完。非但这样，还损伤机器。打开磨瓦，上面是成坨的面粉糊糊。箩眼儿被糊了一个严实，怪不得不下面呢。经历过这样那样的磨难，母亲练就了一把定干湿的本事。遇到来料，她先用手握握，再放几颗到嘴里，咯嘣咬成粉末的，就是太干了。她会把麦子倒到大缸里，泼上适量的水搅拌均匀后，隔上俩小时再磨。如果一粒麦子咬成半截，没有一点声响，且断面发白，就是水分太大了。同样，母亲会把它们倒在凉席上，晾晒半天再磨。

不但这样，母亲还准备了针线和口袋绳。遇到谁家的布袋破了，就主动缝补好。谁家的口袋绳断了，母亲及时提供。遇到谁零钱不够，母亲主动少收一角八分的。这些看似平常的小举措，很快赢得了人心。而且，母亲一向不会对急于拿面的人说出一个不字。就算母亲犯了头风，一次要喝下两包头疼粉才能止住一会儿，可她面对顾客，照样是笑脸相迎、手脚勤谨。

来料堆满了窑洞，生意是好了，可母亲更累了。父亲是肺病，尤其闻不得粉尘味儿，千斤重担就都落在母亲一个人的身上。田地，磨坊，母亲日复一日辗转其间。赶农事，母亲白天在地里，夜里在磨坊。农闲时，母亲就是一个面人。电磨经过一次次修整，越来越快，可母亲的体重却越来越轻。那年，三十八岁的母亲体重只有八十五斤，要知道，她有一米六三的身高啊。

也许是六岁前不在母亲身边长大，我格外依赖母亲。哪怕在隆隆的电磨声中入睡又醒来，我也不愿意离开磨坊。

开始，我会帮着母亲掏面。从漏斗里滑落的面粉，像是白色的瀑布，很快在面柜里聚成一堆，如果不及时扒拉到柜子脚头，就会堵住漏斗，或者溢到地上。我用木锨一锨一锨把洁白的面粉扒拉过来，趁着面粉还没有聚成堆的当口，玩着垒城堡的游戏。电磨关后，开始收面。我张着布袋，母亲往里面装，我们配合得恰到好处。眼见面粉塞不下了，母亲会提起七八十斤的口袋，噔噔在地上镦几下，白色的粉尘缓缓荡漾，可袋里的面粉一下子就下去了半尺高，剩下那几铲就有地方发落了。

有时，我会抓把麦子放嘴里嚼啊嚼啊，吐出皮屑，直到嚼出面筋，就能吹泡泡了。可往往刚出嘴唇就破了，嘴巴上糊了一圈……天天玩这些内容，确实乏味，尤其在夜里。见我坐在门槛上发呆，母亲就催促我回家睡觉。我不会走，我要和母亲做伴儿。一想到偌大的院子里，只有母亲一个人在忙碌，我就心疼。

可母亲回家还早呢。因为磨完几家的麦子，母亲还要检修机器、擦拭磨瓦、清理箩布和漏斗，一步也不会少。做完这些，往往要到夜里十二点过后。春节前夕，母亲更会熬上几个通宵，磨完那如小山般的粮食。

我磨蹭着不走，母亲也顾不上吼我。我会找一两个空麻包，铺在空地躺上去。地皮也在颤动，整个耳膜都被机器声占据，我双手掩住耳朵，就算把耳郭折过来盖住耳朵眼，不留一丝缝隙，可那时而唧唧哇哇时而轰轰隆隆的声音还是钻了进来，震得脑子发蒙。指头戳在耳朵眼里，渐渐地，那声音越来越远，越来越虚，像是一列捆绑着我的灵魂远去的火车。

梦里的我，应该是自由的，可无论在河里闹腾，还是瓜地里轰驴，我都甩不掉那隆隆的响动。我一点也不心烦，因为我知道，这声响与母亲同在。

不知何时，母亲摇晃着我，明朗的电灯下，是母亲苍白疲累的脸。耳边一片清净，甚至能听见草虫在歌唱。母亲终于忙完了，要回家了。她拉了电闸，锁好门，牵着我的手，走在回家的路上。睡了半截被叫醒，我的脑子还糊涂着，深一脚、浅一脚，任由母亲拉着走，像走在幸福的云端。

一晃，那几年匆匆忙碌的时光，便被母亲打发了。

我家的磨坊，成了婶子大娘们聚在一起做针线的据点，说笑声甚至盖过了电磨声。只不过，发生了一件倒霉事儿，我家的羊羔晚上脱了缰绳，不知饥饱的家伙，啃食挂在核桃树上的玉米穗，竟胀破肚死了。我吃了几天的羊肉，一打嗝，就是满嘴的腥膻味儿。那棵葡萄树，爬在父亲搭的木架上，年复一年的开花结果。一九八六年的中秋过后，在父亲的主张下，大奶和大爷合葬了。当打开那孔窑洞虚掩的门时，离棺材不远的地上，堆着一堆黄色的毛皮，明显是头的部位，枕着一双黑色的四寸长的布鞋。

点　灯

母亲站在贵婶家瓦屋门口说："贵婶，你咋不点灯啊？"当时天尽管没黑透，母亲影影绰绰还能看见贵婶围着竹簸箩在剥玉米，也能听见呼啦呼啦玉米粒碰撞的声响，可刚从略明的院子外往屋里瞅，贵婶就是黑暗里更黑的一团影子罢了。听见母亲问话，贵婶笑了一声："憨媳妇，我点灯有啥用啊？"母亲这才反应过来，贵婶天生目眇，她一个人待着，是不用点灯的。

那天是农历八月二十，中秋节刚过，十五十六那个又白又圆又大的月亮，不知被哪一朵黑云彩拐走了。说话工夫，天上又垂下了一层黑布，把房子和树都罩了进去。除了杨树，树皮和叶子像黑夜里反光的鱼鳞，其他树木从头到脚都是黑的。树影是黑的，溜溜的风也是黑的，看不见的黑，在摇动着看得见的黑。

或许只有站在村子南边的高岗上，才能看见那些零星如豆的光斑和一条泛白的带子——那是从柴门瓦屋里漏出的灯光和村北蜿蜒的涧水。

我曾随着母亲走过夜路，知道一盏灯光对于夜行人的意义。那年，樱桃沟的表姨捎信说，樱桃熟了，让我们去摘。表姨家住在沟的半腰上，沟底有条宽不过两尺的活水，家乡人管它叫小河滩儿。就是这样一条淹不住小腿脖的小河滩，居然养活了整条沟的人和满坡的树。那时候，人们只把樱桃看作一种果木儿，吃不顶饱，还不经放，却是联络亲情的好东西。

老人常说，樱桃吃多了流鼻血。可谁还能顾上也许可能大概才会发生的事情呢。有生以来，我最怕两件事，一是游泳，二是爬树。可那天下午，六岁的我居然能像一只灵巧的猴子，在枝叶间穿梭，左拥右抱着成嘟噜的樱桃，往嘴里塞，往胃里咽，可明明鼓起的肚子依旧像个无底洞，吞噬着大把大把的珠宝。母亲和表姨呢，肚子里却好像有成堆成堆的往事，一个劲儿往外挪移。

天黑了，表姨执意留饭。

表姨家的灶火在一孔土窑里。暮色徐垂，表姨说："点灯吧？"母亲说："能看见。"能看见个啥啊？我纳闷，母亲为啥不让表姨点灯？

灶膛里燃着柴火，红红的火苗，一簇簇有力地窜着，使劲儿撩着乌黑的锅底，却照不亮表姨的面庞。一绺头发随着她擀面的动作，一忽闪，再忽闪，遮住眼了，就腾出手背一撩，便抹上一撮白面，和她发髻上那个白卡子一样白。

母亲坐在小板凳上，边往火塘里添柴边说："彩霞，别怕，等儿子大了就好了。"表姨嗯了一声说："姐，我听你的，我等着，你知道吗，俺家孬孬都会给我捶背了。"

我在心里小小嘚瑟了一下。捶背有啥难的？我还会刷碗剁鸡食呢。不过，我比孬孬大一岁，我刚从我外婆家回来，孬孬却仍住在他外婆家。孬孬应该不像我，死活喂不熟吧——这是外公骂我的话，说我在他家吃了三四年闲饭，却始终不亲他。

火塘里的柴火渐渐熄了，土窑里更加闷热。我满腔甜水，肚里也热燥不堪，根本没心思吃完表姨做的咸面片，里面除了母亲带来的莙荙菜，恐怕也只放了一把咸盐。母亲来时，专门去菜地割了一篮莙荙菜，这种叶子宽大滑溜、叶梗一煮就发面的蔬菜，我是最不待见的，可每顿饭都能在碗里见到它们。大约也只有煎鸡蛋和煮粉条，和它才是绝配吧。

此刻，我倒是非常渴望一盏灯，哪怕是一盏昏黄的油灯。可临出门，母亲也没让表姨点亮那盏搁在灶台后面神龛里的油灯。龛里贴着一张灶王爷神像，借着灶火半边屋的光亮，戴金冠、穿红袍的神仙满面红光、通身闪亮，一副喜气洋洋的模样。可等灶火那点光亮熄了，神仙也消失在一片黑暗里。

母亲不信这个。记得每年腊月二十几，平日游街串村卖些针头线脑的货郎，会带一沓子灶王爷神像。他边摇拨浪鼓，边唱："大娘婶子过来瞧，请神回家喽，保佑发财保佑平安了！"

看到大娘和婶子们喜滋滋掏钱"请"神，我也跑回家央求母亲，说："请神回家，保佑咱家平安吧。"母亲自顾自忙着，见我纠缠，就说："咱家不信那个！"我有点悻然，说："可人家都买了！"潜意识里，多希望母亲能说一声"中"啊，兴许货郎还能多添个花米桃，让我饱下口福呢。可母亲依旧冷冷地说："人家是人家，咱家是咱家！"我见母亲丝毫没有买的意思，只好作罢，却在想："父亲常年有病，因而日子艰难，难道与母亲的固执有关系吗？"可看表姨的情形，她是信的，日子为什么同样艰难呢？还有我那可怜的表姨夫，去给队里放牛，年纪轻轻，为什么会在熟悉的地界儿，还一脚踏空摔死了呢？

来表姨家的时候，先趟涧河，后翻邙岭。回的时候，颠倒了过来，得先翻过一条沟，一条小路就在半沟沿上。农村走夜路的人，应该都知道，天再黑，可路却是白的，就像一条从树丛野草里窜出来的白长虫，带着人往前跑。沟上面是坡地，种着庄稼或者生长些树木。住家户都在沟底。从表姨家出来，就要爬半截坡，才能看到远方的景致，山在西边，高低起伏，却像是有人赶着，一溜向南边趔趄。

表姨要送我们到大路口，母亲不让，还叮嘱她，晚上要注意门户。就那破墙烂院的，有啥可偷的呢？我暗地讪笑母亲的担心是多余的。

沟底住着人家，可除了风声和偶尔几声犬吠，整条沟睡着一般沉寂。风顺着沟走，还喜欢粘着人的脚后跟，呼呼呼一路相随。身后总像是跟着一个人，我的心开始怦怦乱跳。我想集中意念赶路，眼睛却不由自主四下踅摸，或在一棵大树后，或是半山腰上，半天才能看到一点忽忽悠悠的亮光，那亮光，也太微弱了。或是一支蜡烛？还是一盏油灯？会不会和我家的一样，是由铁皮卷、一撮棉线和一个墨水瓶子制作的油灯？

那一点亮光，撕破了黑夜，透过门缝，越过院墙，透过篱笆，让我看见了，也给了我一点安慰。有了那点亮光，我才感觉这条沟有了人烟味儿。那点灯光下，孩子们在写作业，妇女们在纳鞋底，男人们呢，在抽烟，剥玉米，编草绳或是荆条筐？总之，勤谨度日的人们是不会浪费那微弱但可贵的亮光的。灯，是白昼的延续，它看似摇摆不定的烛火，却让一个个清贫的家庭有了生机和希望。

白天里，表姨那脸上的悲苦似乎清浅些，母亲一声声开导着她，总算能见点儿喜色，可在暮色里，那满脸的悲愁，比缓缓凝固的夜色更让人心酸。于是我问母亲，为啥不让表姨点灯，母亲叹口气说："憨闺女，你没见那盏灯灰尘多厚的，估计早都没油了。”

我实在不敢想象，表姨有着怎样的信心，度过那一个个漫长漆黑的夜的。母亲叹完气，仿佛又对我说：“嗯，下次来，我得给你姨提溜一瓶煤油。”可母亲似乎忘了，只有当哥哥写作业时，母亲才舍得把灯芯拨得大一点，可等作业写完，哥哥和我却被熏成了黑脸包公。我喜欢趴在哥哥身旁，看他一笔一画写字，看他掰着指头算数。

就算哥哥上夜自习，也不会拎着油灯去的。哥哥聪明，自有解决的办法。每到秋天，哥哥会去野地里寻找蓖麻籽，那些黑白纹的小豆豆，晒干了被哥哥用竹签子穿起来，能当油灯使唤。点着后，哔哔作响，直冒油星子，不小心还会蹦到脸上，火辣辣得疼，可毕竟比黑灯瞎火要好得多了。

等翻到沟顶上，世界是另外一番景象。

夜幕低垂，往南边望去，能看见一条白色的带子，对，就是涧河。它从西边的远方一路赶来，不知穿越了多少个村庄，见识过多少的人间世相，更不知它经历了多少的黑夜，还能在黑夜里保持着闪亮洁白的色彩，让年幼的我产生幻觉，感觉那不是水，而是一匹白色的绸缎，被一只看不见的大手，在苍茫的大地上缓缓抽动。听不见它的声响，它就在一片黑暗里穿行；看不见波澜的推动，它却一步步赶去了远方。

幼年时，感觉每一条河都是无边无际的长，就像日子，一天天，一年年，没有边际的漫长。表姨不也说，过一天都

失去信任和安全感，是最大的失败，无论对象是人，还是一只猫。

好像是过了一年吗。

让我产生幻觉的，还有那些亮光。一点，一点，又一点，在夜幕下，就像星星在天上闪烁。随着地势加高，眼睛里的亮光越来越多。它们有的挨得那么近，有的又那么远，却不约而同地闪烁着，一闪一闪，像一只只飞舞的萤火虫。多年后，我曾在飞机上俯瞰过夜空的地面，那璀璨的城市的灯火，让人恍惚不已，感觉是除了人间的另外一个世界。而那时眼中的灯火，不明亮，甚至都有着共同的暧昧，却让走夜路的人有了盼望。

母亲挎着篮子，一手拉着早已疲沓的我，说："看见没，走到那团灯光，就快到家了。"可我赶过去，那团灯光却不见了。于是，母亲又指着远方一处亮光如是说。尽管我不信，可剩下的路，依旧得走。

好容易，到了洄河边。顿时，那呼啦啦的水声让人精神一振，只要走过那用道轨架的"桥"，再转一个弯，再过一个村子，就到家了。此处原本有座水泥墩子的木桥，洄河涨水，给冲垮了。南北两岸的人，只能多走几里路，绕道下游的小河根，才能过河。北边铁路工区的人，架了两根废弃的道轨，勉强算是桥了。远看洄河，柔软如绸，可到了河边，尤其是黑夜里的河边，心里却产生出一种莫名其妙的恐惧感。

我听母亲说，有年冬天下着雪，听见有人拍门。母亲披衣一听，是个外乡人。母亲害怕，可此人说，他到河北某某村访亲，却找不到那座桥了。四野洁白，河水却黑得可怕，他沿着河边走了几个来回，却死活都不敢过……父亲听见动静，二话没说，与母亲一起，引着外乡人找到了那座“新桥”。外乡人还说，他摸进村子，只看见我家土窑里透出点亮光。他怎会知道，那阵子我父亲咳血了，每到夜里两点，都会拼命咳嗽一阵，母亲点灯，是担心父亲痰里带血。

母亲说，那晚她感觉涧水就像一列疾驰的火车，让人头晕目眩。还真是的，眼前这两条黑乎乎的道轨，好像也跟着河面一起忽悠，心也跟着忽悠。河面也就十几二十米宽，可在夜里看去，似乎没有尽头。母亲鼓励了我几次，我就是不敢迈出脚步。母亲埋怨着自己回来太晚，不忍心责备我，说：“真不行，赶到下游，从小河根蹚过去吧？”

正为难间，听见涧河南岸一声呼喊：“芽儿，妈，是你们吗？”哦，是哥哥！我欣喜不已，忙大声答应：“哎，是我们。”

刺啦，一声清脆的擦火柴的声响，点亮了桥头的那片黑夜。十岁的哥哥，站在桥头，举着一团亮光说：“妈，芽儿，没事，我点着灯呢。”可那点亮光，怎能让我看清脚下的路呢？哥哥鼓励了半天，见我不敢动，他踩钢丝一样，沿着道轨走了过来。他一边笑我胆小，一边让母亲先过桥，他让我站在他的身后，他高举着罩着玻璃的油灯，带我一点一点挪过了河。

成年后，哥哥喜欢各式各样的手电筒，夜里去浇地，赶夜路，接侄女放学，他总喜欢把路照得雪亮。三层楼的大门楼外，也安了一盏雪亮的节能灯，每天夜幕刚刚降临，他就会把灯打开，把墙根儿下那棵红色的美人蕉也照得真真的。嫂子嫌他浪费，哥哥说，他喜欢哪儿都亮亮堂堂的。

我也喜欢在黑夜里留一盏灯。爱人说，每当晚归，看见窗户上那一盏灯火，漂泊了一天的心，就像靠了岸。而我，多少个夜晚，无论是在家乡还是在异乡，无论是在城市还是在乡村，总也忘不了几十年前跳跃在山坳间的灯火和哥哥桥头点亮的那盏灯。那虽是人间烟火，却是每个人心头不灭的希望之光。

九九艳阳天

我讨厌表姨的名字。我们村也有个狗女子，她叫这个我没意见。她肉泡眼，大饼子脸，水桶腰，能和我杏核眼、瓜子脸、杨柳细腰的表姨比吗？

喜欢表姨，不光她长得好，给我捎糖吃，或者经常给我做新鞋，她会带我去河滩疯，其实就是玩——不知为啥，就算男孩子上天入地，大人们也不会用“疯”这个字来定性，女孩子就不一样了。我还好，每当我倦鸟还巢，母亲嘴上问“又到哪里疯了”，可并不减少对我的慈爱。

刚入秋的河滩地，空旷又拥挤。空旷的是高天、田野，拥挤的是野草野花野虫野果和天上的流云。表姨会教我编花篮编草帽，捉蚂蚱捉蜻蜓。她还教我唱歌，她唱一句，我学一句。我总是跑调，索性听她一个人唱。在我听来，她像和一个人在对话：“九九那个艳阳天来哟，十八岁的哥哥呀坐在河边。东风呀吹得那个风车儿转哪，蚕豆花儿香啊麦苗儿鲜……”

表姨唱得动情，我听得起疑。瞅瞅四周，再瞅瞅对岸。秋风和我的小伙伴虎子一样喜欢爬高上梯，一会儿摇摇沉甸甸的谷穗，一会儿晃晃柳树的腰肢，转眼又掠过河面，携着青草的气息扑到我们身上，又像一只自来熟的哈巴狗——虎子爹就经常这样说虎子。我是自来卷，见不得风吹，不用照镜子，肯定又是乱蓬蓬一团，脖子痒痒的，可我不生气，因为此时的一切，是那么安然自在。清亮亮的河水，携着表姨清亮亮的歌声，步伐更加欢快。天上的云彩，也赶庙会似的热闹，一拨刚走，一拨又来。

表姨嘴里歌不停，手上也没闲着。纤柔的柳条被她同样纤柔的十指，拨弄得上下飞舞，一会儿就集结成花篮的模样。我采来大把的野花，头发实在稀少别不住，就开始往表姨又黑又亮的大辫子上别。表姨脾气好，任我装扮。我左看右看，就把她带花的辫子盘到头顶。晴空下的表姨，高耸着缀满花朵的发髻，比新娘子还好看。我忍不住说：“姨，人家都夸你人才（相貌）好，将来肯定能找个好婆家呢。”

表姨脸像一块红绸，泛着亮光。她像是想起什么好笑的事儿，便把头埋在膝盖上，咯咯笑出声来，头上野花也跟着笑。笑会传染，我也跟着笑。表姨听见我笑，杏核眼眯成两道月牙儿。她作势咯吱我，我顺势在草地上滚来滚去，笑来笑去。真希望，日子永远能这样……可渐渐地，表姨来家的次数少了。母亲说，表姨有了婆家，不能再乱跑了。也不知是谁规定的，村里的姑娘一旦定了亲，就不能再抛头露面，一个个都待在家里，绣窗帘、门帘、床裙或枕头套，准备出嫁的物什。我堂姐就是那样，头天吃过定亲饭，第二天就开始大门不出、二门不迈。她也不嫌闷，天天绣啊，绣啊。枕头上绣的那两只鸭子，哪里好看了？如果换了我表姨，鸭子恐怕会下河游走了。

从母亲的话梢里揣度，未来的表姨夫应该是那个“十八岁的哥哥”。我想亲口问下表姨，可表姨就是不来。表姨真是的，有了好女婿，就不要外甥女了。

一年级的春上，记得麦子刚秀穗，表姨来了，来谢孝，因为我姑奶死了。表姨一身白衣，眼睛还未消肿，依旧那么好看。

青核桃还没离皮，表姨又来了，来诉苦，说她妈坟土未干，他爹的后老婆就进门了。这次，表姨没哭，我却从她发青的脸上，早早体会到“怨恨”二字的含义。我想靠近她，安慰她，可我母亲一句句苦口婆心的话，都如泥牛填海，我又能怎样呢？默默看着眼前的表姨，再想着过去的表姨，一时间，我的小脑瓜竟乱成了一盆糨糊。

有天放学，是父亲做的午饭。父亲说，表姨病了，母亲去瞧瞧。晚上，母亲回来了，但凡我靠近，她就停止和父亲的讲话，神神秘秘的。

深秋一个后晌，我正费力往拼音本子上写着啊喔鹅，一阵压抑的哭声从外间渗进来。

表姨来了。她好看的杏核眼，彻底成了流泪泉。我听不懂她们到底在说啥，什么走夜路，遇到什么畜生了。我纳闷，我们这里不比山里，没有狼虫虎豹呀。啥畜生，能把表姨伤成那样？只见她手里攥着擦脸毛巾，使劲扭啊，扭啊，如果是根萝卜，一定能扭成渣滓。见我出现，表姨停止说话，身体却还抖动着，像只受伤严重的猫。

唉，二蛋家的狗咬我一口，刺骨得疼，可我有母亲安慰照拂啊，表姨的母亲呢，已经埋在苹果园里了。于是，我也哭了。表姨见状，把我拉到怀里，用她滚烫的、湿漉漉的脸颊贴着我的脸说："傻丫丫，你是哭啥哩？"我仰起泪眼，问她哭啥。表姨脸蛋上单薄的肌肉，忽忽跳动几下，旋即，她一把将我推出她的怀抱，目光刺啦啦地瞪着我，俨然把我当作仇敌。

母亲忙拭去眼泪，责骂我不懂事，说大人说话小孩子不要插嘴。说着，她又去厨房给表姨打荷包蛋吃。那时候，农村待客就是一碗荷包蛋。表姨知道我父亲身体不好，往常都推三阻四不让母亲张罗，可母亲心意难却，表姨推脱不过就会和我一起吃。

这次一听说吃荷包蛋，表姨立刻两眼放光，小孩子一样欢喜。

不一会儿，母亲端碗进来，还没放白糖，表姨一把就抢了过去。六个荷包蛋，滚烫滚烫的，表姨连汤带水一股脑吃了下去。许是肚里有食，表姨的脸上泛起红光，红艳艳的，像池塘里新生的荷花。

母亲还没接过空碗，表姨突然歪着头，把碗撂到地上，侧着耳朵说："姐，你听，我妈又叫我了。"

瓷碗碎裂的声音，吓我一跳。可表姨的话，更是让我胆战心惊，一股凉气顺着我的脊梁直冲头皮。母亲脸色一变，伸手去拉表姨，可表姨已跑出了院子。院子空荡荡的，几只鸡还没有睡觉，咚咚咚啄着水槽，声音空洞而令人生畏。

正值深秋，桐叶满地，踩上去，像踩在一堆塑料纸上哗哗作响。河水也哗哗流着，没膝的野草衰败不堪，一朵朵白色的芦花，不安地探头摇曳。我追到堤上，表姨已经到了河边，她一不挽裤腿，二不脱鞋，像一匹被人围追堵截急于逃脱的马驹。

母亲拎着鞋子，蹚着水，边追边喊："狗女子，你慢一点……"母亲发抖的声音，惊飞了河草里的野鸭，惊动了田里忙碌的人，也惊动了那个秋天。表姨聋了一般，一头扎进那条乌压压的小路。我想追过去，可我不敢，怕被河水冲跑了。我冲着母亲追去的方向，使劲看，使劲看。我既希望母亲追上去，又希望母亲赶紧回来。一会儿工夫，岭尖上移动着一个白晃晃的人影。不一会儿，又出现一个灰色的身影。灰色的身影是我母亲，风里还隐约传来她悲惨的呼喝声：“狗女子，狗女子，等等我……”

天黑了母亲才回来，灰头土脸，像打了败仗一样。

“苹果园里，狗女子片缕不挂，像只绵羊卧在她妈的坟头……”我躲在被子里，偷听着父母亲的谈话。我的眼泪流得再多，还是不耽搁表姨疯了的结果。高耸着缀满花朵的发髻的表姨，你去哪儿了？

那年冬天，第一场雪大得惊人，一夜工夫，满世界的冷。母亲起来做饭，铜瓢咚咚砸缸取水的动静，惊醒了那个难忘的黎明。临近晌午，母亲还在做棉靴，我围着火炉吃烤红薯。大门“吱扭”作响，要么是风，要么就是串门的父亲回来了。可半天，没听见父亲的咳嗽声，于是母亲使唤我说：“丫丫，把大门关上，小心狐子来叼鸡！”母亲说的狐子，我没见过，也不知道指的是狐狸还是黄鼠狼。可但凡丢鸡，母亲总赖到狐子身上，好比虎子家东西坏了，虎子爸总赖到虎子身上一样。

雪地锃白，眼睛生疼。定神一看，大门敞开着。应该不是风，雪地上一溜脚印，直通我家厨房。我先喊了一声“爸”，没人理我，可里面分明有动静啊。我忙撤身大喊：“妈，咱家进贼了！”临近年关，贼更殷勤了，冷不防这家丢头猪，那家丢只羊。不过，那都在后半夜，狗都睡熟了，何况是劳作一天的人们。

母亲拎着鞋底走出来，吆喝说：“大白天瞎说啥，咱家有啥可偷的？”

动静仍在继续！这时，只见人影一晃，是表姨——可哪儿像我的表姨啊？蓬乱的头发，脏兮兮的眉眼，一件红色碎花棉袄，扣襻胡乱拉扯不说，还大窟窿小眼睛的，露出灰白的棉絮。她目光清冷，闪着雪光。看见人，她咧嘴笑了下，继续用手扒着盛猪油的瓦罐，满手都是白腻腻的脂油，就伸出舌头舔手，啧啧有声。脂油滴滴答答，蜡油一样滴到表姨的衣襟和棉裤上。此时我才看见，表姨的棉靴和裤管上全是冰凌碴子。

母亲大声叹息：“造孽啊，造孽啊！”急忙把表姨哄到屋里，打热水给她梳洗。我不敢靠近表姨，眼前分明是她，分明又不是她。我又想哭。依旧是那双杏核眼，可里面仿佛有簇阴晴不定的火焰，忽明忽灭。

又是一碗荷包蛋下肚，表姨安静了许多。母亲这才给她梳洗了一番，并换上干净的棉靴。表姨也不动弹，只是低着头，叉开十个手指头，放在鼻子边嗅啊嗅的。好半天，像是捉到一个问题，她侧脸问母亲：“姐，我是不是憨了？”母亲掩住泪光，拉着她的手说：“说的啥话？是人都会生病，你马上就会好的。”明显的，表姨不信，可她还是歪着头，想了想，呵呵笑着说：“姐，不知道咋回事，我老听见我妈在坡上叫我。”母亲的脸色立刻黯淡下来，我听见了她轻微的哀叹声。

后来，表姨又跑过来几次，可她眼里只认得我母亲。我想亲近她，想提醒她我是谁，可又怕她诡异的眼神和口吻。

转眼，我上了三年级。表姨的消息时好时坏。

腊月的一天，是表姨出嫁的日子。这时，我已经知道了那个“十八岁的哥哥”早娶了旁人。可我还是替表姨高兴，她终于要做新娘了。

一群人坐着马车，经过一片集镇、几个村庄，越走人烟越稀，触目全是光秃秃的石头山，一条尾随而来的小河，也快干了。在它的尽头，是几爿破旧的土坯房和一大绺盘旋升天的炊烟。

一户篱笆门的左右，点燃了两捆喜草。院子里支了几张桌子。一群人簇拥着一群人，寒暄不断，随后进了一间草房。墙上糊满报纸，窗口上捂着塑料布。大白天，一盏灯，却发出昏黄的光。唯一照亮眼睛的，是摞在床头闪烁光华的缎被……拜天地了，两个男人，土匪一样，用力按压着表姨插着粉色绢花的头。和表姨并肩站立的，是个黑黑的老头，豁牙，瘸腿——鞠个躬，就摇摇欲坠，仿佛一截套着深蓝色中山装的朽木。

婚礼上的表姨，就像一条砧板上的鱼。尽管她被迫低下头颅，尽管她脸上涂抹了厚厚一层胭脂，却也没有遮掩住她发青的眼眶和她眼里那团越烧越旺的火焰。

人群的哄笑，震耳欲聋的鞭炮声，在空旷的天地里升腾又散去。它们像是炸弹的余波，让我惊骇和厌恶。人群里的我，只能攥紧拳头，紧咬牙关。我几次想挣脱母亲的手，冲上去踢开那两个土匪。可母亲说，这是耍新媳妇，是当地风俗。突然，我憎恨那两个土匪，不，是在场的所有人，包括我的母亲！

娘家人被安排在新房里吃酒席。我以为只有我吃不下，谁知除了表姨，两桌饭菜似乎都不太合大家的胃口。表姨吃饱了，几次起身往外面跑，都被大表姨给拦下了。眼见拦不住，大表姨扭开药瓶，哄着表姨吞下几颗药丸。我猜，那白色的药丸应该是瞌睡药，因为还没几分钟，表姨的眼神就呆滞起来。饭桌还没撤走，她就拉了一床被子睡下了。

娘家人要走了，表姨还在睡。我趴在床边，与表姨告别。睡熟的表姨，发出微微的鼾声，脸庞的线条也舒缓了许多，被红色缎被映红的脸，新生荷花一样鲜艳欲滴。此刻，她高耸着缀满花朵的发髻，看上去是那么陌生。

我渐渐长大，表姨的消息却越来越少。偶尔，有亲戚说表姨丢了，又有亲戚说找到了。十几年间，表姨就像一个物件，一会儿丢了，两会儿丢了，没完没了地丢啊，丢啊。直到今天，七大姑八大姨提起我表姨，只是深深叹上一口气说："狗女子，可惜了。"就这样，那个在河边高声歌唱"九九艳阳天"的女子，彻底没了讯息。彻底的，就像她从没来过这个世界。

君自故乡来

题记：父亲从得病到去世，经历了太多的痛苦。他的一生，卑微而艰辛，每当夜阑人静，有关他的点滴往事，便会漫延成河，慢慢浸湿我思念的堤岸……

1

河边，遇到你了。多年未见，你粗犷依旧。脚下的岩石料峭，单薄的土层，也不耽搁你生机勃勃，这得益于你发达的根系。

你曾是父亲眼中的强盗。甚至看见你，会更加憎恨，手中的镰刀会举得更高。在父亲看来，庄稼苗，是他的另一群孩子，是另一个希望。而供养这群希望的肥料，是他起早贪黑积存的成果，岂能让无所事事的杂草一口口吞噬？

生存不易，你的生命力依然顽强，不经意间，烈日下，你又昂起头颅。野草天生的生命力，旺盛的总是让人惊叹！

它们总比庄稼长得快，长得高，庄稼收割了，它们仍然在长——看啊，麦茬地点种的玉米还没发芽，杂草已有半尺多高。尤其是你——大蓟，攥着劲儿与庄稼赛跑，从头到脚都充溢着新生的力气，似乎从未遭受过磨难。

首次见你那年，我四岁吧，人们都叫你老虎舌。小姑娘，天性喜欢花花草草，你紫红色的花朵，在阳光下熠熠生辉，那么耀眼，就像一块块紫红色的宝石，传递着诱惑。那时的我还不懂欣赏，只知道占有。我越过麦田，来到坡边，慢慢靠近你。你无知无觉，依然冲我和一只蝴蝶轻笑。我伸出小手，那是我欲望的触角，直接忽略了你名字的寓意，更忽略了你为生存打造的铠甲——那些武装在叶片、叶茎上密密麻麻的细刺。

哭叫声惊飞了一群觅食的麻雀，更揪疼了一个父亲的心。

父亲飞奔过来，蹲下身，拔完我手上的刺，这才站起身，挥起镰刀狠狠砍向一棵草木之躯。咔嚓一下，缀满花朵的你应声倒下。透过泪眼，我居然觅见了活着与死亡的区别。因为那绚丽的紫红，瞬间变得暗淡无华。

你倒下来，必死无疑。我幼小的心灵，在那一瞬，竟充满着罪恶感：你并没碍着谁，只是静静守着那道土坡，距离田地还有数尺……适才还围着你跳舞的蝴蝶，慌乱一阵后，又飞了回来，嗅嗅这朵，嗅嗅那朵。大约，它也察觉到了，这是一个不再鲜活的生命，片刻就飞走了。

父亲仍去锄地，我也收住了眼泪，却有股黏稠的液体流出了鼻孔，痒酥酥地流到了嘴角。我下意识地伸手一抹，看见手背上全是鲜血，多像适才还在太阳下闪亮的你花朵的颜色！我不知所措，哭喊着呼唤父亲。我惊恐地以为平白流鼻血，和我害死一株无辜的野草不无关系！

父亲又一次飞奔过来，从你身上摘下几片叶子，在手掌心使劲儿揉搓成团，塞在了我流血的鼻孔里……一股强烈的草木气息，直冲向脑门。见我依然惊慌，父亲让我别怕，还说你虽叫“老虎舌”，只是听着吓人，大名却叫大蓟，是止血的良药。果然，鼻血很快止住了。当我后来读医科学到中草药时，看见你的名字，我无比亲切，还风马牛地想起一首诗：“君自故乡来，应知故乡事。来日绮窗前，寒梅著花未？”

此刻，春风已近，你仍繁茂如旧。可侍弄庄稼，为我拔刺的人，如今又身在何处？不自觉，我又想起了那首风马牛不相及的唐诗……

2

每天都要经过这里，见到这些槐树，老家人叫它黑槐，结的花叫槐米，果子叫槐豆。

只不过，家乡的黑槐是野生的，长在沟沟岔岔里，没人收拾，只会疯长，胳膊粗的枝条会被父亲做成锨把或者镢头把；城市的槐树，被修修剪剪，当作花木打理。

马路边的槐树，围着成片的居民楼，聆听着昼夜不息的城市的声音；而老家的槐树，与其他杂木混在一起，经风历雨，任鸟雀喧闹。

家乡有了那些树，才有了乡村的气质；城市有了这些树，才有了生机。

初春的天气，乍暖还寒。终于到了春日迟迟、卉木萋萋的日子，槐树发芽了，淡淡的浅绿或者明黄，在枝丫上慢慢舒展，像是迎春花开满了花枝。这样的情景让我暗暗吃惊。记得春天里，少年的我随父亲在沟底放羊，那些张牙舞爪的树，何曾让我这样惊艳过？

初夏槐树的绿色最纯粹，水洗过一般，崭新而娇嫩。起风了，风撵着这些绿，从路南到路北，从路东到路西，像是记忆中老家的涧水，缓缓地流啊，淌啊，从心里流淌到梦里。

盛夏来临，树冠越发蓬松，像妇女高耸的头发，它们拱在一起，形成一条绿色的隧道。太阳很大，却也被这些绿融化了，阳光碎了一地，像是涧河上闪烁的波纹，更像是母亲眼里点点的泪花。

我喜欢秋天，因为秋天是收获的季节。这些槐米要不了多久，就会长成槐豆。

立秋前一天我回老家，父亲突然问我："你们那儿的树，槐米稠吗？"我说那些槐米只有小米粒儿大小，距离采摘还得等几天。其实，那一串串、一穗穗槐米已经咧开嘴儿，香味几乎消失殆尽了。早年，父亲会把槐米或者槐豆摘了晒干，母亲会把槐米和小米放在一起，用砂锅熬成粥，很是清凉败火；槐豆可以泡茶，利咽清肺。而现在，家里飘出的不是粥香或者茶香，而是中药的清苦味道，它们无声无息，却时刻缭绕在我的心头。

父亲居然还惦记着这些。我脱口告诉他，今年雨水足，槐米结了很多。父亲想了一下，试探着说："等我好了……咱们去摘。"我说好。父亲接着又说："涧河涨水了。"我说是吗？他紧接着问我："你还记不记得，那年我驮着你去看涨水……"怎么能忘记呢？那年我五岁。

那年涨水，满村的人都站在沟沿上看稀罕。水头来势凶猛，浊浪滚滚冲击着堤岸，河边的树木东倒西歪。父亲紧紧把我搂在怀里，嘴上却说："丫丫，把你扔河里冲走吧？" 我攀着父亲的脖子，拧着父亲的鼻子说你才舍不得。父亲问为啥，我说："你只有我一个闺女啊。"时隔三十几年，父亲却忆起了这件往事，说起当年我的"刁蛮"，他边说边笑，甚至笑了两眼泪。我也笑，只不过那眼泪在我心里流淌。

我不想对父亲说，路上的槐叶已经三三两两的黄了，要不了多久，就会叶落枝空。我多么希望今年的秋天能慢点来，还有那些槐米，能慢点落，慢点结荚成豆……

3

五岁那年，我爬行了几天。

那是个炎热的夏天，吃罢晚饭，到河滩洗澡是人们最畅快的事。男人们到上游的老潭，女人们在下游的河滩。当母亲挎着一篮子脏衣服到达河滩时，人已经不多了。她在石板上搓洗，我在水流平缓的砂石地带玩耍。

温凉的河水，轻柔地融化开了白天的燥热。我放平身体，展开手臂，把自己埋进水里，恨不能一辈子都这么舒畅。天上有几颗星星，特别大，特别亮，它们眨巴着眼睛，忽闪忽闪地看我，似乎也想掉到河里，和我一起享受这个美妙时光。我翘着小腿，拍打着河面，溅起的浪花，在月光下细碎如银。

然而，第二天早上，我就走不成路了。母亲以为我赖床，可我就是使不上力气。就算她挠了我的脚心，我仍然不躲不闪。母亲看我不像顽皮，立马慌了，她忙呼喊道："老杨，闺女不会走了！"正吃饭的父亲，闻声扔下碗，飞快跑了过来。他蹲下身子，先捋捋我的腿，又用手掌托着我的小脚丫，上下弯曲了几下。可我的腿，软面条一般。父亲握紧我的脚丫，连声问我疼不疼，我说不太疼。父亲和母亲面面相觑，神色一下子慌张起来。母亲连声埋怨着自己，说肯定是在水里泡太久了。父亲二话不说，骑着自行车，带我来到了卫生院。

我父亲的朋友，那个姓符的白头发老头，也没见有多高明。

他啰啰唆唆问了半天，我父亲啰啰唆唆答了半天，他才拿着一把小皮锤，先在我脚心鼓捣几下，又在我膝盖鼓捣几下，推了一下老花镜，说让我们回家。“不用开点药？”父亲看似释然很多，临走却又这样问。符大夫挥挥手：“不用，没事多活动活动。”可末了，他又想起什么似的，说：“煮点艾叶水熏熏也成。”

符大夫不是个好人，我都走不成了，他居然说没事。

接下来的几天，我成了爬行动物。双腿使不上力气，我就坐在母亲做的棉垫上，从屋里挪到屋外，倒也耽误不了我和泥捏狗捏猪，拿樟脑球给蚂蚁围城。其实，当个爬行动物也不错，平日山大王一般的二哥和小气的三哥，居然成了我颐指气使的丫鬟。一日三餐，不用父母指使，他俩就乖乖给我端来。吃完，不待吭声，空碗就送到厨房。这还不够，三哥一放学，就陪我一起看小人书，还翻跟斗给我看。二哥呢，不知从哪儿弄来几串甜葡萄，让我吃了个满嘴流蜜。他们大约不想这样低眉顺眼地伺候我，就一天几百次地问我能走不，能走不，烦都烦死了。

父亲更烦人。连续几个晚上，他端来一大盆热腾腾的艾叶水，让我坐在床沿，垂下双腿开始熏，一熏就是大半天。仿佛那盆黑水，拥有着无穷的法力。他一边撩水，一边和母亲一起揉搓我的双腿，询问我的感觉。他们的口气温柔又急切，昏黄的灯泡下，眼睛就像会发光的珠子。这样过了四五天，不知是艾叶水还是父母手心的温度，缓缓浸润过我的脚心，两条腿像被注入了一股暖流，很奇妙的感觉。当听到我说的这种感觉后，父亲眼睛里忽的透出一束喜悦的光芒，握紧了我的脚丫，说：“闺女快好了。”母亲脸上顿时像开了一朵花。

我硬着头皮，双手扶着床沿，平日的两条飞毛腿，还像没了骨头一样松软。我怕父亲说我骗人，便借助手臂撑着床沿挪动双腿。俩哥哥闻讯也围了过来，见我抖着腿不动，三哥挥舞着手臂，打着拍子说：“加油，加油！”我挪一步，大家欢呼一声。说来也怪，他们的意念会传染似的，我的腿真的有了一点力气。

就这样，爬行动物的日子还没厌烦，几盆黑水就让我恢复了原型。不单我，二哥也还原为山大王，三哥还原为小气鬼……父亲已走了三年。他的一生，卑微而艰辛，每当夜阑人静，有关他的点滴往事，便会漫延成河，慢慢浸湿我思念的堤岸。

4

五岁时，村里放映《上甘岭》，我笃定“一条大河波浪宽”里的大河，就是我家门前的涧河。风吹的虽然不是稻花，可风也没闲着啊，荆条花、麦子花、桐树花、玉米花、高粱花、土豆花，岸上但凡会开花的树木和庄稼，它一样不落地吹啊吹啊，直到吹落了花朵，吹出了果实。

涧河是世上最宽最长最美的河，这在一个混沌未开的孩童眼中，毋庸置疑。这条河来自哪儿，要去哪儿，我全然不知，可结合父亲的言语，我认定它来自高山，奔向大海，因为高大的父亲总喜欢说“山高水长”“百川入海”。当第一次听说“百川入海”这个词儿，我好奇地问父亲：“哇，一百座山都能流入海里？山是怎么做到的？”父亲一脸错愕，继而仰脖大笑。原来，川指的不是山川，而是水。那涧河是不是可以称作“涧川”？父亲一本正经地点点头说：“我闺女说可以，就可以。”父亲就是这么豁达，尤其在我面前。

我以为，门前的“涧川”很温和，夏天打水仗，冬天能溜冰。可当我十岁时，才见识到它的“可恶”。

那年，玉米穗刚吐缨儿，玉米棵像是昂首挺胸、戴着红花的战士，迎接着将要到来的胜利。可入伏后，接连几天暴雨，让住在窑洞里的人们日夜不安。“涨河了，涨河了。”这天天刚亮，就听见队长敲着锣的吆喝声。

高岗上站满了人，汹涌的水势助长着人们的惊恐和担忧。我攥紧父亲的衣角，目睹着我的“涧川”：此刻，它活像一条四下翻滚的恶龙，身躯不停地膨胀，眼见越出河道，漫上堤岸，又渐渐席卷了南岸的玉米地……“老天啊，这季庄稼算是瞎了。”有人已经忍不住哽咽，可有什么办法，比起旋涡里的猪啊羊啊，岸上的人起码没有性命之忧。那些可怜的东西，没被浪头打蒙的还在水里胡乱扒着，却没有谁能去搭救一把。接着，麦秸垛，圆木头，圆滚滚的西瓜，连根拔起的树木，甚至有变形的草房子也顺流而下……“天啊，这是谁家遭了殃啊，不知道人有事没事？”人们不停唏嘘着，祈祷着，为上游受灾的人，也为自己。

后来才知道，不光我的“涧川”疯了，洛阳境内的河流都疯了。好在，在各级政府的帮扶下，受灾较为严重的地区很快恢复了生产生活。

父亲说，在他十来岁时，也就是一九五八年，涧河有过一次突然袭击。黑黢黢的夜里，他下床解手，只听扑通一声，双脚跳到了水里。他一个激灵，还以为在做梦，旋即清醒了，忙不迭一边吆喝“涨河了，涨河了”，一边窜出草房，只见偌大的院子里，白汪汪都是水。人们不敢回屋，只好彻夜站在高处，期盼洪水早点退去……

原以为，时光这部列车，会带我远离我的“涧川”，没想到左兜右转，我又在“涧尾”上安居——虽然我早已知悉，涧河只是黄河的二级支流，全长也才一百多公里。而且，它早已青春不再，像个风烛残年的老人。

与涧河一起衰老的，还有我的父亲。他蹒跚的身影、昏花的眼眸和不再清晰的口齿，都让我心痛无比。就在涧河想要干涸的那个冬天，我饱受病痛的父亲，终于离开了这个他依旧眷恋的世界，离开了他近在咫尺却好多年不再亲近的涧河。

四年前，我因工作需要，曾从涧河源头走到河尾，一路走来，涧河的现状和将来，都让我唏嘘不已。清凌凌，没有了；哗啦啦，也没有了，我的“涧川”变成了一条又脏又臭、毫无生机的“废水河”。虽然，它还在我家门前。虽然，它依然位列洛阳八大河之一。然而，我真的害怕，有一天，它和八大河的“涌河”一样，消失在大地上，存在于古籍中。

我是多么希望我的“涧川”能够涓涓不壅，奔向大海啊!

父亲走了三年，我女儿也十岁了，涧河就在这一年，迎来了生命的涅槃。轰隆隆的挖掘机工作的声音，便是唤醒涧河的春雷。水清、岸绿、路畅、惠民，多么美好！如今涧河治理工程虽未完工，可涧河的美貌已初露端倪。瞧，晨光中，树绿花红，燕子翩跹；夕照下，清波徐徐，野鸭潜水。而从早到晚，很多银发老人、垂髫的孩童，还有欢快的狗儿，一起迎着朝霞，或送走晚霞，享受着一条河带来的福利。然而一天，远远看到一个高大的身影，我心头一震，明知道那只是一个路人，可还是忍不住多看了几眼。顷刻间，万般滋味从我心头掠过，如秋天的风，掠过涟漪不断的河面……

病房手记

病床上都是病人，包括母亲。

对于突然降临的角色，母亲周身散发的气息，告诉我她很抵触目前的处境。雪白的床，雪白的墙，就连一把小木椅，也被一层白漆裹着。母亲不耐烦白色。十岁那年，表姨给我买个白底粉花的塑料发卡，母亲硬给套上了粉红色的布条，若不是父亲因咯血刚出医院，我定会不依不饶，到他面前诉说母亲的专制。印象中，我只借穿过一次白衬衣，还是学校集体大合唱的需要。那时我想，母亲大概和白色有仇，干净素洁明亮的白色在她眼里，只有三个字：不吉利。

年纪越长，母亲越发固执。伴随她十年的糖尿病，比我还贴心。由食物分化而来，却无路可去的糖分子，集结在母亲的血液中，消耗着她本就不太富裕的精气神。母亲这辈子太苦，我想最大限度去弥补那些缺憾，可我无论怎样努力想改写母亲晚年生活的轨迹，比如定期监测血糖、按食谱饮食和调整用药，可母亲坚持不了几天，就嚷着回老家。

到了她的地盘上，她如鱼归海、虎入山林，一边大把吞药、大碗吃饭，一边卖力干活。这不，她上午还生龙活虎的，在菜地给蒜苗松土，给黄瓜苗辣椒苗放风，下午就成了医生护士口中的疑似急性脑梗病人——我嫂子心细，午饭时发觉母亲人中有点歪。母亲反复照着镜子，还坚持说无碍，只是半边身子发凉而已。多亏我嫂子警醒，极力张罗母亲到了医院。

等我赶到时，母亲已经轰轰隆隆做完了核磁共振，真的是急性脑梗。

入院证都要开了，母亲还一再推辞，在老一代人身上，老习惯与现代医疗体制的对抗体现得一览无余。我猜她是看主治大夫面善，瞧着人家年轻好说话，你听，她在大打感情牌："闺女，俺是农村的，一年之计在于春，菜苗眼看要下地了，儿子媳妇都在外面不得闲，我要是住院了，俺家一季菜都抓瞎啦。要不这样，你开个药方，在咱医院取药，然后我回家打针，中不？"母亲这番话，不疾不徐，逻辑清晰，哪像一个脑梗病号？不是手里这一摞检验报告，我也不信。

主治大夫三十来岁，圆嘟嘟的脸庞上戴个眼镜，像个温和的语文老师。她具有良好的职业素养，一直微笑着，等母亲说完一段话，她才指着片子，言说脑梗不及时科学治疗所能引起的凶险后果。一番话听得我都脊背发凉，可母亲仍不就范："伺候一冬的菜苗，眼见要下地了，此刻离了人，好比产妇没了接生婆。闺女，你不种地，不知道育苗的辛苦，不知道抢春耕如抢秋收。闺女，我忙了一冬，掀棚，盖棚，除草，洒水，就是为了这几天啊……”不知道的，还以为母亲是个大地主，拥有着大片土地，只有她才能主宰那片广阔天地的繁盛与希望。其实，她只有半亩菜地而已。

我也喜欢母亲的菜地，尤其是在万物繁茂的夏天，任何一种作物，身上都缀满油绿的叶片，大的，小的，长的，圆的，它们重叠在一起，诠释着欣欣向荣。还有千百朵带着露水、柔嫩的花朵明明还没完全凋谢，圆的、扁的果实已迫不及待地冒了出来，仿佛只有这样，才不辜负我母亲的辛劳和时令的到来。此刻，我也贪恋这派欣欣向荣的田园风光，它们不仅让我感觉愉悦，还会带给我母亲还年轻的错觉，而我能陪伴母亲的路还很长，很久。我更贪恋母亲脸上那富足的笑容，仿佛它们遮蔽了她大半辈子的艰辛。母亲一直这样，她认为值得的，便会千方百计去创造，去实现，而不怕费心劳力。

应该妥协了，可她仍与主治大夫做着不懈努力，像一个维护和平、调和矛盾的谈判专家。

我并不惊异母亲的表现，可我还是酸楚不已。我不曾料到，已经七十三岁的老母亲，仍这么强烈地眷恋农事。掰指头算下，我们村除了老人，年轻人下地的不多。眼见周围的楼房越来越高，土地与村里的老人越来越少。挨着路边的耕地，开发了。河边的，划入了河滨公园。犄角旮旯，虽然没被征用，却被遗弃而长满荒草杂树。这些变故，让种了一辈子庄稼的老人们疼惜，有些衣食无忧还能行动的老人，仍在土地里春种秋收冬藏。

我和哥哥倒不反对母亲种地。种了半个世纪的庄稼，农民本色不但体现在母亲的肤色上，还融入了她的血液中。哪怕住着楼房，点着液化气，吹着空调，母亲仍对种地乐此不疲。她说，一天不到地里转一圈，三魂就失了两魂。她和那些婶子大娘一样，几十年如一日把种地当作活着的意义——强行阻止，只能加快她们衰老。不可否认，一茬茬的农活，当真稀释延缓了父亲离世后母亲的孤单和步步紧逼的老迈无用感。所以，任由母亲在地里点瓜种豆，却也不想她因此累得筋酸肉痛。

不曾想，老人家还当真了。这不，为了逃离医院去赶农事，她已经和医生磨了半天。善良的女医生，毕竟年轻，终于词穷，只好冲我微笑。我按捺住性子，重复着医生的话，此时越发觉得，说服老人的固执，与扭转小孩的任性一般有难度。

“什么都比不了命！”隔壁四十八床的老太太突然说。她讲的是普通话，模样像个退休老干部。得到声援，我忙冲四十八床投去感激的微笑，也看清了她的面容，蜡黄，布满褶皱，拥着被子，像扎起一道篱笆，却没能遮挡住她眼里大把的忧郁。相比母亲，她更像一座孤岛，不容易让人靠近。

半路杀出个程咬金，有点突兀，可母亲是明白人，好话难听这个道理还是懂的。

其实吧，母亲害怕住院，还有其他原因，一怕扎针，二怕抽血，三怕花钱。

总体而言，母亲体质还是不错的，几十年间，小毛病不断，大毛病却没有。仔细想下，除了四年前，一个冒失鬼骑车把她从电动车上撞到地上，造成尾骨挫裂，让她在床上生生躺了三个月之外，母亲还真没有郑重其事到过医院求医问药。入院后，每次扎针，她都会叹息着提到我的父亲，说她比不了他，手腕子都扎成蜂窝了，也没见他皱一下眉头……

此刻，母亲的病情明明不能耽搁，可她仍又嗫嚅道："这得花多少钱啊？我冬天种那季生菜够不够？"我笑着说："不让您花钱，况且国家新农合政策，能报销大部分呢。"母亲这才稍稍心安，几方权衡，她终于接受了四十七床这个新身份。

当戴着口罩看不出表情的护士叮叮当当推着治疗车来到床边时，母亲又开始不安。护士先喊了声四十七床，又核对了姓名，这才翻看下一堆治疗单，做着抽血准备。母亲只好伸出胳膊，并朝弯着腰的护士讨好地笑，可惜护士只看胳膊并不看脸。她麻利地撸起母亲的袖子，同样麻利地扎上止血带，打活扣那一刻，母亲的眉毛也打了活扣，她龇着牙，倒吸着凉气，绷紧了整个身体。

因为糖尿病，母亲不光胳膊上的肌肉，全身的肌肉都清一色的松弛、贫瘠，裹在同样松弛的表皮下，像曲线平缓的流动的沙丘，经受不起止血带强劲的束缚，胳膊肘顿时成了一只被绳子扎着的皱巴的萝卜。我扶着母亲的身体，用我的身体挡住她的视线，像小时候看电视剧里的妖精吃人她掩住我的脸一样。

暗红色的血液，充溢了整根管子，像一条细长的暗红色的虫子，带着母亲的体温缓缓注入试管。与厌恶白色一样，母亲同样厌恶红色，尤其是类似血的液体。就在父亲第二次大出血住院后，我和哥哥嚼碎了姑姑买的山楂糕，瘫在椅子里，伸着舌头，让黏稠的液体从嘴角流出，装扮受伤吐血。进屋得知真相后的母亲，抹去慌忙的眼泪，对我俩就是一顿近乎疯狂地暴揍。

护士开始涂抹酒精，母亲继续倒吸凉气。蓝幽幽的针尖刺入皮肤那一刻，母亲紧咬着下嘴唇，脸色变得蜡黄，另一只湿凉僵硬的手使劲攥着我的手。护士压着母亲的胳膊，一管子又一管子地抽血。

母亲支起身子，想探头看看，却看见了一排盛着血液的紫红色的试管，她忙放平身子，嘟囔说："一次抽这么多啊。"我数了数化验单说："八张，别急。"母亲又小声说："一下抽七八管子血，得吃多少颗鸡蛋才能补回来啊？"

护士走后，母亲压着发紫的针眼，仍在嘟囔，一下子抽走那么多血，得吃多少鸡蛋啊。在母亲的意念里，鸡蛋会生血，鸡蛋是我爸的救命恩人。

我爸患有肺结核，在吃不起肉的年代，鸡蛋是唯一能吃得起的补品。每天清早，伴着鸡叫，母亲会端碗鸡蛋茶让我爸吃。平常季节，母亲直接把两个鸡蛋打碎在碗里，冲上滚烫的开水，添勺白糖，就是一碗柔嫩香甜的鸡蛋茶，母亲不把蛋液倒在锅里煮，说这样不营养。如果是冬天，瓷碗冰凉，母亲会用热水预热一下碗再打鸡蛋，否则鸡蛋半生不熟，越发腥气扑鼻——每个当妈的，都是女儿的生活导师，我也是这样冲鸡蛋茶，并对女儿这样说的。

尤其当我爸那次大出血，在抢救室住了五十三天后，母亲更加殷勤地伺候着家里那二十多只母鸡。哪天我爸因为没有白糖，嫌弃鸡蛋茶喝着腥，母亲就会说："喝吧，喝吧，喝了生血。"直到有了豆奶粉和牛奶，喝鸡蛋茶的习惯，才退出我爸的饮食生涯。用母亲的话说，我爸遭的罪，能写一本书；我爸吃的鸡蛋，能拉一火车皮。二十几岁就生病的父亲，能活到古来稀，母亲说，这要归功于那一火车皮的鸡蛋。

我想，明天开始，早上是不是也给母亲冲碗鸡蛋茶吃?

输上血栓通的母亲，发出了轻微的鼾声，折腾了半晌，她也乏了，可她的眉头依然紧蹙。我倚在床畔，盯着茂菲氏滴管里点滴不绝的透明的液体，幻想它们是群飞快舞动翅膀的小蜜蜂，快速到达母亲的脑血管里，能够冲散那些弥散的沉积细胞，让已经饱受糖尿病折磨的母亲能够早日回到她的家，她的土地上，继续照料那些泥土里萌芽、泥土上开花结果，能带给她富足和安详的庄稼……

大约是临床的呼叫铃声惊动了母亲，她猛然张开眼，惊恐而茫然地打量着白皑皑的四周。我也忙把思绪从过去的时光里抽了出来，压低身子，抚摸着她的额头，像她当年陪护父亲一样，也像抚摸着我刚从梦魇中醒来的女儿一样。迎着她的目光，我连声说："不怕，不怕！我在这儿。"

此刻，围在被子里的母亲，真像个熟睡醒来的婴儿，双颧微红，目光细软，她身上惯有的坚强气场，已全然不见踪迹……

窑洞里的江湖

云朵再密实，也锁不住雨水的怒气。它们倾泻而下，从我的头顶跌落，一股脑又灌进我的脖子——落汤鸡！再也没有比落汤鸡更精准的比喻了。那些树，如果长着脚，必定也会跑掉。但此刻，只是大自然素描作品中被反复皴擦的阴影部分。

七月的雨，与七月的阳光一样，磅礴得令人发指。

我踉跄着，推开虚掩的大门，窑洞里飘出来父亲的赞叹声："回来了，真准！"

在说天气预报吗？简直是笑话！幸好，母亲打着伞，及时接过我藏在塑料布里的书包，她殷切的关怀，及时消融了大雨带给我的气恼和不适。我进到窑里，脱了布鞋，隔着门槛顺手一倒，呼啦啦的一摊水。母亲用干毛巾擦拭着我的头发和身体，埋怨我不会找个地方避避雨，说冷雨打在热身子上，恐怕要淋坏了。去哪儿避啊？半路上除了麦地，就是桐

月亮出来了，白的像一块冰糕。我情愿它躲在地球的另一面，让万事万物都浸在黑暗里，我可以把黑暗当作一件隐身衣。

树，老师说大雨天站在树下，雷要劈的！我满不在乎的模样，引起了一个苍老的、陌生的笑声。

我家这孔窑洞，又深又大，中间有个土坯隔断。外间支着一张床，一张桌子，几把椅子，相当于客厅。桌上焊着一支蜡烛，忽忽悠悠晃动的灯头，并不能让窑洞里十分明亮。又停电了，一看天不好，电工便会早早拉下电闸。电线打起架来，可不得了。平日裹着黑色玻璃丝套的电线，会像蛇般绞缠在一起，噼噼啪啪，冒着火星不算，还会呼隆掉下一团火。

循着笑声，我忙睁大发涩的眼睛，往窑里看。桌子一角，分明有位长者。白胡子直垂胸前，黑毡帽压在额头，扁担扣的对襟布衫也是黑的，恐怕都七八十岁了。与他目光接触的一刻，我的羞耻之心猛然从心底泛起。一个小丫头，在一个外人，尤其是老人面前，这副狼狈的样子，实在难堪。我扭捏着躲进里间，边换衣服，边小声问母亲他是谁。母亲微微叹气说，算卦的老部。老部哇，我不以为然，甚至还有点喜悦，像是遇到了老朋友。母亲为何叹气，我知道，她委屈啊！

父亲也真是的，自己干不动重活就算了，还隔三岔五往家里带人。不知道的，还以为我老杨家的朋友广布五湖四海。来的人，体面点也成啊，可大多数跟逃荒似的。而这些冷不丁就冒出来的人，父亲轻则管饭，重则留宿，时不时还提供穿戴，一件上衣，一条裤子，或者一双鞋子。他们一个个，仿佛都是他久别重逢的亲戚朋友。

母亲明着不说啥，但心里肯定不好受。换谁能受得了啊！母亲说得有理，我家又不是地主老财，哪儿有那么多工夫救济旁人？父亲好像也给母亲说过软话，可每每遇到各种机缘结识的三教九流人物，他仍忍不住带回来。

一孔黑洞洞的土窑，天天不得清闲。

那时候，香港武打片《射雕英雄传》正在复播，我说我爸有点像洪七公转世呢。母亲蹙着眉头说："得了吧，还洪八公呢。"我父亲虽不是洪七公，却是他那帮穷朋友敬重的三哥。每当听人叫自己三哥，父亲都十分愉悦。母亲奚落父亲，说他三四个弟妹，还欠几声三哥的。

其实，我母亲并非真的讨厌那些人，她从心里怜悯和自己一样穷苦勤谨的手艺人。因为人一旦出生，就得活下去，很多人不得不在家乡与异乡之间来回奔波。遇到风雨，哪怕一个屋檐，都能给他们暂时的温暖。所以，遇到这些流落"江湖"的人，母亲也会款待周全，虽然有点被动，可没办法，谁让她相信"上门即是客"呢。

父亲天生豁达，总对来人说："自己人，当自己家，不要拘谨。"可人家并不坦然。记得有一个姓刘的人，一对眼珠像是生了锈，可心里清得跟水一样。他在我家和父亲挤了一夜，我和母亲在里间听见他们聊了很久。他有个六岁的儿子、四岁的闺女和七十多岁的老母亲。原来，他才四十出头啊，可样子却像五六十岁。他并非一个纯粹的手艺人，他出来是为了寻找自己的老婆。他说他老婆是被自己的表哥拐走的。

他说，那天是个好天气，虽然是夏天，却出奇的清凉，天刚亮，他就去洼地给玉米棵垄沟，表哥来家里了。娘家侄儿上门，他母亲自然欣喜，忙催促儿媳杀鸡待客，自己则去菜地薅葱。一袋烟工夫，老人家回来了，一看鸡还在笼里，儿媳和娘家侄儿却不见了。她找到后院，三岁的孙儿和才会走的孙女正在玩泥巴。找左邻右舍打听，可人们都说没在意。末了，村外放羊的老汉说，看见二人结伴走了，儿媳妇坐在表哥的自行车后面……“是亲表哥吗？”父亲忍不住问。既然是表哥，还分亲不亲？我差点笑出声。

老刘却说，老婆就是表哥领来的。好奇怪啊，表哥好人当了，怎么又当坏人？究竟怎么回事呢？老刘也很纳闷，可表哥像死了一样，眼看两年多了，一点消息也没有。表嫂可不像他痴心，表哥不见的第二年，就带着俩闺女改嫁了。父亲说他这样漫无目的地找，也不是办法。老刘说自己先去找，等有确切线索再说。

表哥的媒人不白当，拿了老刘一千块。那年月，钱顶用，这些钱能盖起来三间砖房。老刘说，欠的账还有一半多。我有点看不起老刘，表哥都把媳妇拐走了，他却说，表哥是好人，要不是表哥，他三十大几也成不了亲。他们肯定是遇到了事情，才这样的。他也不恨他们，只要肯回来，他什么都不计较，毕竟她是孩子们的亲娘……鸡叫了，星子估计也落了，父亲和他的说话声才算歇了。

第二天醒来，红红的太阳光已铺满墙头。母亲一边在前院做早饭，一边和烧火搅猪食的父亲说话。她一大早起来，看见水缸里大半缸清水，忽悠悠泛着波纹，正要夸父亲几句，看见老刘挑着水回来了。他个子小，两只水桶差不多挨着地面了。他弓着身子，两只胳膊架着扁担，脖子努力往上梗着。母亲顿时不好意思起来，一缸能盛四五担水，难为他了。吃罢早饭，有几家的活要干。别看老刘貌不起眼，却有一手打板凳的好手艺。准确地说，他这个叫窝椅子。

在我们村子沟边，长着很多枝枝杈杈的槐树，顶多用来做个锨把锄把的。可老刘来了后，这些槐树立刻成了有用之才。初来乍到，人们并不了解他的做法，谁家都不肯当第一个吃螃蟹的人。父亲见了，就去沟边杀了几棵槐树，让老刘放手做。略粗壮的槐树枝，褪去黑褐色的外皮后，有的破成两半，有的破成四半，再锯成计算好的尺寸，然后放在火堆上烘烤。红红的火苗，舔着姜黄色的木材，它们发出滋滋的声响，接着冒出大团的白沫。老刘也不嫌热，捉住它们，借助长条凳等物件，用力扳，然后用绳索固定好。很神奇，那些直溜溜的木材，经过烈火的洗礼，变得有韧劲，被扳成“Π”形。拆除绳索后，再在设计好的部位凿孔，开榫。老刘做这个，得心应手，一步接着一步，丝毫不乱。零件摊开一地，我实在看不出眉目。可等到第二天，家里就多了几张崭新的椅子。

坐面还是个窟窿，不过，老刘让父亲找来一根粗大的毛竹，破成均匀的一指宽的竹片，扳弯卡在两头留好的槽子里，一把完美的椅子就诞生了。我目睹了一根木材瑰丽变身的全部过程，顿时觉得小个子的老刘形象变得高大起来。

父亲嘱咐母亲，说是体力活，伙食搞好一点。庄户人家，再好也就是煎鸡蛋、捞面条和烙饼子。老刘活重，饭量却不大，可父亲执意让他回碗。我们家的椅子，也不知是爱惜，还是老刘使了绝招，一直用了二十年有余。有我们家的当样板，陆续有人来找老刘做椅子。一把椅子的加工费是六毛钱，老刘在我们村挣了三十多元。有了钱，他又要启程了。老刘在我家的窑洞住了三晚，做了六把椅子。再三推让，他只收了我家两元钱。他说在我们家，吃住的是最好的。他的行李很简单，只有几把锯子锤子刨子之类的趁手工具，装在一个大帆布口袋里。临走前，他说有朝一日，会回来看望我们。

可怜这样一个勤劳的实在人，他离开老娘和那片土地，累月奔波在路上，只为孩子有个亲娘。老刘走后好几天，一股哀怨的气息萦绕在我家的窑洞里，我们的心上……日子翻书一样过去，他并没有再来。我们偶然还会提起他，也不知道他找到老婆没有。

与老刘不同，老温很邋遢，可父亲照样往家带。

老温永远吃不胖的身体，永远洗不干净的猪屎味。看见他，我会掩着鼻，尽量离他远点。他每每见我，总要和我套近乎。

见我总是满脸不耐烦，他只好摸摸光秃秃的下巴，嘿嘿笑几下，权当自我解嘲。

我不想靠近他，可午饭时，母亲总让我给他端饭。父亲不嫌他脏，还让他坐在床头，见我搁下谷堆堆一碗捞面，还给他递过去几瓣剥好的蒜头。老温忙伸手接住，还不等他把蒜瓣放嘴里，父亲又抢了回来。哈哈，估计父亲也嫌他臭了。父亲却说他身上有伤，不能吃辛辣的，怕发。

伤？这时我才注意到，老温的右腿裹着白布，似乎还在渗血。原来，他在劁猪的时候，被猪蹬到了手，手里的刀子扎破了自己的腿肚子。看他龇牙咧嘴的样子，我有点幸灾乐祸，活该！

我们村距公路近，时不时会来些买卖人，卖香油的，换挂面的，卖簸箕的。劁猪的最醒目，往往会骑着一辆二八自行车，车把上拴着个木梆子——一块凿空的木头，用木槌击打，便会发出“梆梆”的声音。为了和卖香油的区分开，劁猪的车把上还竖着根八号铁丝，上面拴着一大绺“胡子”。

前几天，我才知道我们当地那句“红胡子不是现染的”的俚语，原来和劁猪有关。

劁猪人车把上的“胡子”，分红、黑、白三种颜色，是劁猪人手艺高低的标志。白色，指的是学徒，他不说，乡下人也知道，请他劁猪虽然不用掏工钱，但是有风险，一旦失手，猪崽死了，不包赔。黑色，是指出师一两年的师傅，工钱只是行市价钱的一半，一旦有了闪失，只赔半只猪崽钱。红色，则代表着万无一失，工钱虽然多于行价，但人家包赔全部损失。所以，看到“红胡子”，那就是劁猪行业里大师级别的人物了。

无论红胡子、黑胡子、白胡子，它们统统在风里招摇。梆子响着，来人嘴也不停，“劁猪——娃儿”，“劁猪——娃儿”，一声一声不绝于耳。小孩子嘴欠，便也跟着学：“劁猪娃——娃儿”，“劁猪娃——娃儿”。往往，会惹来大人一顿呵斥。尤其是女孩子，搞不好会挨上一顿笤帚疙瘩。一般情况下，女孩子不让围观怎样劁猪。可我看见过。

当个猪真倒霉，无论母猪还是亚猪。我不知人们为何把公猪叫成亚猪，但大家都这么叫。庄户人养猪，要么养大卖给猪贩子，要么到年下杀了过年。拢老母猪的人家非常少，因为太难照顾。开春，便是村里新逮猪娃的灾难季。泡桐花香味缭绕的村子里，时不时传来一阵唧唧哇哇的惨叫声。刚断奶的猪娃逮回来还没几天，牢狱般的猪圈让它们极度不安，只好夹紧尾巴，屁股顶着猪圈墙，拱着头，眼珠子圆溜溜瞪着，但凡一点动静，就像受惊的兔子，四下乱窜。它们不知道，更可怕的还在后面，因为劁猪的一来，它们的悲惨命运才算拉开了帷幕。

主人跳进猪圈，三下五除二，把它们头朝下、屁股朝上地拎着，像拎着一条扭动的大鱼跳出了猪圈。劁猪的早已磨好了刀子，那柄小巧的月牙形的小刀，在阳光下闪烁着银光，不像一把用来阉割的凶器，反而让人喜爱。猪娃喊破喉咙，也不耽搁被几双大手按在地上，手不够用，便用脚踩着猪头。猪娃意识到了危险，叫声更加惨烈，可四周的人丝毫不见怜惜。

劁猪人嘴巴叼着烟卷，挽着袖子，刀子凑近猪娃粉红色的腹部，有的主人会不放心说一句："哎，手法利落点。"劁猪的，烟屁股一吐，应一声："得嘞。"刀子锋利，不费力便割开了猪娃的皮肉。受难的是猪，可它毕竟不会说话，只能挣扎着扭动身体，吼声都发直了。皮肉划开一个口子，血也涌了出来。刀子还不肯罢休，刀刃一翻，往深处挑了一下，劁猪的这才把滴血的刀子咬在嘴里，腾出一只手，从里面抠出一坨血糊糊的东西，摊在手掌让主人看罢，然后嗖一下扔到不碍眼的地方。几只狗闪电一样奔了过去。

酒精药棉潦草涂抹几下，就开始缝针。那么粗的钢针，也不知道穿的什么线，三下五下就好了。这时，猪食槽里多了一瓢打了生鸡蛋、麦麸和盐的食物。阉割后的猪娃，像被抽去了火气，一瘸一拐，站也不是，卧也不是，连呻吟都绵软不堪。不过，它会蹒跚着凑近石槽，呼哧呼哧吃光主人精心准备的"补品"。这时候，劁猪的早已洗好了手，抽上了烟。收到劁猪费后，劁猪的留下几包药片，继续敲着梆子，走在阉割猪娃的路上。

劁猪手艺好不好，第一要看出血量的大小，第二要看猪娃的恢复速度。手艺好的，出血少，刀口小，基本不会影响猪娃进食，也不会让猪娃发烧。手艺差的，轻则化脓，重则撩个儿（死）。往往，谁劁死了谁家的猪，消息会不胫而走，扩散极广。所以，遇到脸生的劁猪者，人们会先问下姓啥。比如老温，在江湖上还没有失手的名声。可越是这样，说明他的杀戮越重，阉割的猪娃越多。他身上那股浓厚的猪屎气味就是他的标志。因为猪在挨刀子时，大小便失禁也是常事。

我家开磨房那几年，每年总要出栏几头猪。老温和父亲混熟了，饭点一到，有时会不请自来。父亲从不感觉突兀。两人兴致来了，还会就着咸菜碟抿两口酒。老温抽烟抽得厉害，大团的烟雾在窑顶盘旋，久久不能散去。用我妈的话说，他一来，窑里就跟熏獾似的。

老温虽然邋遢，可貌似很有学问，这也是让我矛盾的一个地方。讨厌他的猪屎味儿，却稀罕他胡侃乱聊。他和父亲，一会儿扯到姜子牙渭水钓鱼的气定神闲，一会儿扯到朱元璋火烧庆功楼的刻薄寡恩。两人你来我往，不亦乐乎，中国历史在两个乡野村夫口中，居然也妙趣横生。有时他们竟然还能扯到美国的里根和苏联的斯大林，还谈到什么《三个火枪手》和《狄公案》的作者高罗佩。听到这里，我忍不住插嘴说，高罗佩，我知道，他爸一定姓高，他妈姓罗，取名一个佩字。《狄公案》，我不陌生，我上小学就在外公家看过这本书。至于作者高罗佩，我倒没有留意。出于显摆之心，我不假思索插了一竿子。老温笑得快岔气了，让我一阵懊恼。他见我脸色不好看，就说："对，对，小丫头分析的有道理。"等老温一瘸一拐走了，父亲才说，高罗佩是个外国人……

那次老温走后，就再也没来过我家。后来听说他为了救一个落水的女子，在洛河里淹死了。父亲听闻，缓缓说："唉，可惜那把好手艺了。"至于老温是哪儿的人，有说是山西，有说是周口，因为老温只说过，他家是河西的。等于没说，中国的河，多了去了。可至今，我还记得老温说的一副关于劁猪的对联："双手劈开生死路，一刀割断是非根。"

老部呢，和老刘、老温不同，未见其人，却早闻其声。也不知道，乡下是因为天地广阔，还是人烟较为分散，奇人异事就像地里的野草，隔三岔五就能收割一茬。在农村，但凡仪式感的事情，都不能忽略一种人的存在，那就是先生。这里的先生，不是教书先生，专指能掐会算的那种人。他们之间，应该有着明确的派系分支，有看日子的，婚丧嫁娶、修房开路，都需要看日子。有看宅子的，无论阴宅阳宅，都讲究风水。但在农村人嘴里，统称算卦的。老部就是这样一个传奇人物。

离我们不远的西马沟，有户姓马的人家，户主常年在外扛活，已经两年多没回来了。恰逢老部在村里给一户人家看日子，老母亲就央求他算下儿子的归期。老部没有推辞，拿出铜钱摆了一卦。三枚铜钱散落桌面，老母亲和小儿子大眼瞪小眼，闹不懂这三枚铜钱蕴藏的玄机，老部端详后说，莫急，即刻就回，此时已经走到村口了。老母亲不信，小儿子忙去村口接应。说来奇怪，他果然看见大哥背着木匠箱子往家里走……这件事，被人传得神乎其神。在那个电灯还不普及的年月里，没人知道其中的奥秘。

而今天，江湖传说中的老部居然来我家了。大雨刚住，窑洞里有点闷。母亲依旧在前院做饭，能听见咚咚的切菜声。我人在里间，耳朵却没躲起来。父亲和老部在交谈，聊的事情远没有传说的有趣。往日健谈的父亲，居然也有吞吞吐吐的时候。也许在父亲眼里，老部是高人，谦卑和敬畏是最好的表现。老部吧嗒吧嗒抽烟袋的声息，倒和旁人无异。划火柴的刺啦声，响了三次，父亲终于切入正题了。

父亲请老部来，原来是想动老坟啊。这个念头，父亲应该存了好久。我家的老坟，在涧河南岸的高岗上。有年二月二，我跟着一群叔伯兄弟上坟去。放羊人把小路踩得溜明，暗青色的迎春枝条铺天盖地，花苞还跟针头似的。一路上磕脚绊道，我一不小心摔了一跤。五叔笑着说，还没到祖坟呢，就磕开头了。我瞒着母亲来的，她从不信鬼神。每当看到村里谁家老人去世，子孙们大操大办，她私下会说，生前端碗水，胜过死后一头羊。在她看来，诡诈的是人心。可有时候，心再怎么坦荡，日子却总不太平。我大哥三岁因恶性贫血智残，父亲二十七岁就咯血，二哥十几岁就桀骜不驯，在旁人看来，要么我家宅子出了问题，要么是祖坟有了毛病。旁人嘀咕得多了，父亲虽然识文断字，却始终摆脱不了骨子里传统的想法。而我母亲，一律当作耳旁风，我行我素地勤谨度日。

记得有一年，王家门儿来个看麻衣相的。婶子、大娘纷纷跑去看热闹，我也不例外。大槐树下一张矮桌上，放着一只鸟笼，笼里关着一只黄色羽毛的鸟，只有核桃大小。一摞签袋，码齐了摆在桌上。看麻衣相的老头，见人多了，就开始忙活。他把半个花生米掐成两半，凑到鸟嘴跟前，小鸟唧唧几声，张开嘴吞下花生米。老头这才打开鸟笼。小鸟啁啾几声，扇着翅膀飞了一圈。众人都说，恐怕要飞走了。话说不及，那只鸟儿飞快折身，尖尖的嘴轻巧地叼了一个签袋。看麻衣相的人摊开手掌，签袋落在了掌心。众人一阵骚动：太神奇了！

王二婶神色紧张，盯着看麻衣相的老头，她不清楚，人家会断出什么吉凶来。那老头微微一笑，看了一眼王二婶，头却转向王二叔，说："你的鼻子开了花，你的哥哥不在家……"王二婶神色一变，眼睛唰地亮了。王二叔却说，他这卦不准，说他哥就在一边站着。老头摇摇头，喂了鸟儿半颗花生米，不再言语。这时，王二婶起身，冲王二叔使个眼色……老头被王二叔请到了家里，他家具体问了什么，外人不得而知。但人们都说，这老头有两下子，因为王二叔的大哥，正在新疆当工人。我回家绘声绘色地讲给母亲听，她照样说了句："都是糊弄人的。"我大娘不甘心，拉着母亲也要去问一卦，母亲神色一正，说她不去，还说过日子是靠自己经营。大娘灰头土脸地走了。

这次老部来，母亲能管顿饭就不错了。我心想。因为这种人在母亲眼里，与江湖骗子差不多。我正支棱着耳朵听父亲更进一步的试探，可母亲喊我端饭的声音虎生生响了。汤是疙瘩汤，菜是莙荙菜炖粉条，蒸的白面馍。母亲终究心软，弄了个绵软可口的菜，而非咸菜疙瘩。可端上桌，老部居然说，他想吃面条。父亲瞅瞅我母亲，母亲便起身出去了。这个老部，事儿真多。我内心开始同情我母亲。我投过去一缕不满的目光，重新审视了在灯影下的老部。他倒是平静，丝毫不感觉唐突。不一刻，一碗蒜汁面端了上来。谁料，耷拉着眼皮的老部又问：有酒吗？父亲一愣，忙说有。老部接过父亲递过去的半瓶酒，盖子一拧，咕咚咕咚浇在了面条上。酒味儿氤氲不散，在窑洞里盘旋。不光是我，连母亲都感觉诧异，而父亲脸上呈现的表情更为复杂。我们都是第一次见到这样吃面条的，不，吃酒的。我越发惊奇，偷望着灯影下的老部，感觉他可神了。

晚上，我在上房屋写作业，母亲被父亲叫到了窑洞里。当她回来时，我睡意全无，忍不住说：“那个老部真会麻烦人。”母亲神情淡淡的，只是说：“小孩子家，不要铺排大人。”我越发钦佩母亲，生活教她越发隐忍了。也可能她只是好面子。可第二天放学，看见父亲笑嘻嘻地和母亲讲话，母亲脸色也很愉悦。我非常奇怪，内心却松开了一根紧绷的弦。

就在前天，我问母亲，还记不记得三十年前老部的事儿。母亲推推老花镜，问谁。我说老部，她思想片刻，像是脑海里从未有过这个人一样，一脸迷惘。我说，就是那个往面条里倒酒的老头。母亲这才哦了一声，说，他啊，恐怕早没这个人了，活着也一百多岁了。我努力复原着当初的情形，希望母亲能给我讲讲老部与父亲具体商谈的话题。在我的启发下，母亲终于打开了记忆之门。那晚，父亲当着母亲的面，挑明了自己的想法。老部说，动祖坟不是小事，牵一发动全身。父亲问，有没有十全十美的法子？不待老部说，母亲劈头就说，趁早打消这个念头。老部抬头望着我瘦弱的母亲，微微点头，示意母亲说下去。

母亲说，不要说她不信风水一说，动了无益；就算信，也不能动。因为我父亲弟兄七八个，除了我们家略有不妥，其他几个兄弟过得好好的。如果动完老坟，就算我家顺风顺水了，可要是妨碍了其他人，那样就合适吗？一个家族的繁衍和兴盛，就像一棵大树在生长，哪棵大树上没有一根干柴？就算我们家是那一根干柴罢了。最后，母亲又说，她压根就不信这一套！所以，说到天边，她也不会答应这件事。

父亲沉默了，忙给老部续茶，他怕母亲说话太直，人家面子上不好过。

老部并没愠怒，反而点了点头，说，他明天就要走了。父亲忙解释，他以为母亲得罪了这位他心目中的“大神”。

老部摆摆手，说，我们家的祖坟不需要动，根本没有毛病。他还说，我家里住着贵人，根本不用疑惑日子过不好。最后，他郑重其事地说，好好过吧，你们的福气在后面呢。

果然，日子如水，年复一年，汹涌过后，便是云淡风轻。母亲经常给我们传授着她的生活理念：平凡人家过日子，讲究个踏实。心踏实了，脚跟才能踏实；脚跟踏实了，路自然越走越宽。

二十年间，我家窑洞里的过客，远不止这三个人。来着走着，走着来着，也不知道，他们是我家窑洞的江湖，还是我家窑洞是他们的江湖。如今，我家的窑洞早已坍塌，几十米外就是修建中的涧河公园。绿化带里种着塔松，地上是星星点点的石竹花，仿若洒落一地的彩色玻璃球。星期天，我带女儿站在这片陈旧又鲜活的土地上，辨认着窑洞残存的轮廓，向她讲述着里面发生过的事情。女儿清凌凌的眼神，像是欢快流淌的小河水，流入她不曾经历的时空隧道里。又吹来一阵风，簌簌摇动着树枝，一只灰喜鹊，翅膀一张，轻盈飞上枝头。恍惚间，我听见父亲和一些人的说话声，还在窑洞里回荡……

照片上的人

那些槐树大大小小的枝枝杈杈，一根根支棱着，像丝肉不挂的鱼骨，齐齐扎向空旷虚无的天空。初冬天气，落叶都当了大地的被子。

隔着薄雾，远远瞧去，树们连成一片，貌似亲厚。仔细看，还是能分出哪儿一片色深，哪儿一片色浅。那颜色是慢慢过渡的，黑中有灰，灰中有白。走进去，才看清楚了，这些生长在豫东平原沙土地上的槐树，远没有豫西地区的茂密和健硕。

我豫西老家的沟边上，长着一棵槐树。村里胡子最长最白的老人，也不清楚它的来历。沟是黄土沟，它就站在沟边边上，有雨或无雨，沟沿儿都会时不时垮塌。今儿掉一坯子土，明儿掉一坯子土，成年累月，沟没见平，树没见倒。一小半弯弯曲曲的树根，没了泥土的掩护，钢筋铁骨般粗粝沧桑。

二十年前，老槐树距沟边三米多，现在还大抵如是。老槐树生机不减，该发芽发芽，该落叶落叶，照样挺直着身子，坚守着一方土地。这些天地间看见的和看不见的物事，到底是谁在消磨着谁的光阴呢？涧河远在二里开外，老槐树的根不可能扎过去，当看到豫东平原上的槐树，我就想，也许豫西地区的土壤比豫东平原的更会保墒和滋养吧。

走在林中，遇见有几棵树挨得近些。它们是一家子吧，再不济也来自同一片苗圃，看粗细，看高低，它们相差无几，只有走近才能发现它们有着微妙的差异。这片林子有五六亩，东南西北都种着花生，地里残留着丝丝缕缕的花生秧。南边有条水渠，虽然此刻不见水，可明显靠南边的几棵槐树要精神些。从哪儿看出来的？从树皮的光滑程度和整体的气韵上，它们真是不一样的。好比一个女人的左右手，别看天天抹着一样的雪花膏，可只要不是左撇子，右手相比左手总要大些，皮肤也会黑点粗糙点。近水楼台先得月，近水的树木自然也会滋润些。

林里有条明晃晃的小路，通向母亲娘家的路。

母亲驮着个大包袱，可让她疲沓的，应该是她满腔的心思。而我，脚丫磨破了，也磨灭了首次出远门的新奇感。我脚上穿着双崭新的红色条绒布鞋，试穿非常合脚，没想到还没走几里地，就像穿了一双铁鞋，脚指头受刑一样火辣辣得疼。我唯有一个念想：赶紧走，走到那个曾承载母亲第一声啼哭却没有承载母亲成长的地方。

火车倒汽车，下午两点才到中牟县城。黄黄的日头在天上沿着一条线走，看我们在地上来回踅摸。很难找到直达村子的顺路车，于是，母亲凭着十年前的记忆，带着我走一段、问一段，朝着县城南方递进。可走一截，母亲就会疑惑："咦，不会吧？那时候这里还没马路。"又走一段，她又会说："呀，不会吧？不记得这里有个学校啊。"晕晕乎乎的，我们母女逢岔路就问，一路兜兜转转，还好大方向总归没错。

离开人烟较为稠密的集镇，其余是大片的沙土地和时不时冒出来的槐树林。穿过好几片槐树林，也记不清到底有几片，天擦黑才到了姥姥家。

姥姥这个称呼，我开始很陌生，后来是抵触。小时候，家里唯一一张三斗桌那沾满蜡泪的玻璃下，压着家里唯一一张发黄的黑白照片。我很羡慕村里的顺伯家，家里有个大大的相框，四条棱边是木质的，玻璃面，就挂在堂屋正中的墙上，进门就能看见。里面卡着很多张黑白照片，照片里的男人，年长的坐着，年轻的站着，但大都端着架子，可眉眼间的喜悦是抑制不住的；而女人，无论大小年纪，都在笑，抿嘴笑，张嘴笑。有个男孩呢，一两岁时是挤眉弄眼的哭，渐大后就是龇牙咧嘴的笑，非常顽皮。每回去串门，我总要凝望那个相框，它那么薄，却是一个时光宝盒，承载着一家人的欢乐与富足。而我们家呢，唯一的一张照片里，是一群陌生的亲人，没有我的父母兄弟，也没有我。

这张照片里，男女老少一堆人。居中那个老太太，宽额头，长方脸，发际线老高。母亲说，这是她妈，我管她叫姥姥。这个称呼我感觉怪异，不就是外婆嘛，干啥叫姥姥？因为在豫西地区，管母亲的母亲就叫外婆，简称婆。咋一印到照片上，外婆就成姥姥了呢？母亲也说不清，只说，记住是姥姥就好了。姥姥就姥姥吧，反正也没见过她。

姥姥怀里，是个噘嘴眯眼的小男孩，穿着一件圆点点的花罩衣。姥姥背后，是两个身材细溜的少年，一副腼腆相。他们分别是二舅和大舅的长子，我的表弟和表哥。后排两个男人，圆脸个高的是二舅，长脸个低的是大舅。照片上的一家人，祖母抱着孙子，儿子围着母亲，兄弟拉着哥哥，一团和气，亲亲热热，看起来又幸福又快乐。背景是开封大相国寺。带锯齿的照片上还有几个斜体字——人民照相馆。

母亲被生活磨砺得粗糙不堪的手指，一次次从照片上拂过，似乎想把她念叨的亲人们，从里面拉出来。我却不以为然，不就是一张照片吗？荧幕上的苹果再红，鸡腿再怎样冒着热气，还能拽下来咬一口吗？我对这张照片，也不是全无感觉。大相国寺？白马寺有一匹白马，它里面有什么？寺庙里，肯定有和尚，有少林寺的厉害吗？母亲说，她也没去过。随后，我又发现了一个更尖锐的问题：为啥照片上没有母亲呢？母亲神色黯淡，像有很多话却说不出口。

一天，邻居小伙伴虎子来家玩儿，拍了一会儿画片，叠了两只纸飞机，便索然无味了。于是，我想起了那张照片，虎子家比我家还穷，连一张照片也没有。我就指着说："喏，这是我姥姥。"虎子一龇牙，表示不懂。我故作老成地说："就是外婆咯。"虎子嘻嘻笑了，嘴里不断重复着："姥姥的，姥姥的。"然后笑得前仰后合。我又羞又恼，真想抽他。他却又问："你咋两个外婆呢？"当时，我感觉就不好了，可他说的也不差啊。那一刻，我真恨自己，吃饱了撑的，拿一张来历不明的照片瞎显摆啥呢？让虎子这样揶揄我。我立刻轰走了虎子，掀开玻璃，揭下那张发黄的照片，几下撕成碎片，塞进煤火眼儿里。玻璃早都裂了几道闪电一般的纹，放照片的地方只留了一个擦不掉的痕迹。母亲下地回来，我说，茶水洒了，把照片弄坏了，就扔了。母亲居然没打我，只是叹了一口气，里面蕴藏着无尽的心酸和无奈。我后悔了，真不该毁掉母亲的一个念想。

待我略大些，我才知道母亲的故事。在她八岁以前，她以为她和旁人一样，有爹，有妈，有弟弟和妹妹，有一个虽然贫寒但齐整的家。可那年，枣树刚冒芽，一个人推开了外婆家的木门，也推开了母亲从此不同的人生和心境。来人自称是母亲的爸爸，外婆外公也不否认。来人住了几天就走了，可从那以后，母亲感觉自己是那么与众不同，就算混在人群中后背也仿佛背着一个牌子，上面写着几个让人侧目的大字。因此，她低头走路，小声说话，连目光都是软的。从前那个活泼的扎着羊角辫的小女孩，一下子不见了。

要不是电影《黄河东流去》，母亲大概一辈子也不会滋生找亲人的念头。荧幕上浊浪滔天，人群里的母亲泪如雨下。灾民们流离失所、惶恐不安的逃荒场景，让母亲想到了自己的身世。困扰她十几年的疑惑，好像在那一瞬间豁然开朗了。“有哪一对父母不爱自己的孩子呢？”她说。第一次，是父亲陪着母亲，在中牟的娘家住了三天，见到了照片里的每个人。那时候我还小，也不清楚母亲具体是个什么心情。这一次，表姐出嫁，我陪着母亲，心里也揣着一个想法。

眼见走到了村口，我却一步路也不想走了，鞋里全是沙子，也粘到了磨破的血泡上，不走都热辣辣得疼。我抱怨着母亲：“下次回来别带我！这除了槐树就是沙子的地方，有啥好的。”“看，你姥爷！”顺着母亲的手指，我看见石桥边真的站着一个高而魁梧的人影。“是柳叶吗？”随之是一声呼唤。母亲哽咽着回答是，莫名其妙，我居然也想哭。姥爷说，他已经等了两天，还问我们咋来得这么晚？母亲说，家里老老小小需要安置妥当，才能出门啊。姥爷执意接过包袱，说来就来了，捎什么东西？母亲说，里面是几双鞋和几件棉衣，是她亲手缝的；还有几盒点心，是芽儿的爸爸专门去老城买的……姥爷不善言辞，话也不多。那张照片里，并没有姥爷，可大舅真像他。

我们在大舅家落脚，堂屋里早就拥了一堆人，分别和母亲打着招呼。里屋两张床上，堆满了表姐出嫁的被子、毯子和箱子，五光十色，令人眼花缭乱。红彤彤的喜字，显得暖洋洋的。母亲抚摸着，嘴里说真好。姥姥应该是自谦，说：“我就说你大哥，妞就是一门亲戚，弄这么多干啥啊？”母亲抬头看看姥姥，没言语。随后，大舅母——那个面庞黑红、身材臃肿的女人，与守着一口大铁锅烙煎饼的姥姥一起张罗着晚饭。红红的麦秸火，映着姥姥的面庞，我像是看到了老年的母亲。大舅最高兴，他每开口说话，总要唤一声母亲的乳名。

二舅家在前院，我拎着点心去的时候，他正蹲在地上杀鸡。看见我，仰头问了一声：“妞，你脚磨烂了？”宽厚的音色，略带嘶哑，暮色里的一口白牙格外显眼。看他笨拙地拔毛开膛，我说：“我妈不吃鸡肉。”二舅愣了一下，问为啥。我说我也不知道，不吃就是不吃。二舅妈过来说：“你也不问问咱姐吃不吃鸡肉，你就杀，这是春上才开窝的小母鸡哪。”二舅立马说：“咱姐不吃，让咱外甥女吃！”这时，过来一个男孩，眯眼噘嘴的，应该是我的表弟了。他看见我，非常礼貌地问了一句话，就走开了。

吃了晚饭，二舅非要给我洗脚，一见伤口，他忙取来白布、酒精和云南白药，还有针线。因为最大的伤口在脚后跟上，如果不固定好，等于白搭。灯光下，二舅摆置了好一会儿，才处理好。在他去洗手的当口，二表弟在我身边嘟囔说：“你是洛阳的大小姐，俺们家才不稀罕你这个臭丫头！”他比大表弟的眼睛还小，我才不在意你稀罕不稀罕哩。二舅领着我，到了大舅家。母亲和他们围着一台铁炉子在聊天。大舅听说我脚伤得厉害，执意要打开看看。二舅说，他已经处理好了。大舅打趣说：“呀，不容易啊，你啥时候稀罕妞了？”二舅说：“我姐的妞，我可是稀罕哪。”

夜深了，大舅拿来黄琉璃一般的胡萝卜，还有干花生，一起放在铁炉上烘烤。蔬菜的甜香、干果的焦香和噼啪声，一会儿工夫便充斥了整间屋子。大舅让母亲吃软糯的胡萝卜，母亲笑着说，晚饭吃好了。大舅又让母亲吃花生，母亲摇头。母亲正经饭吃罢，一口零食都不吃的，可惜这个习惯大舅不知道。母亲解释完，大舅的尴尬才略退去。煤火的铁盖子没揭开，但里面炙热的煤块一定是吐着幽蓝的火苗，迫不及待释放着自己的热能。赶了一天路，母亲似乎疲倦了，双颧微红，话也稀了。可大舅二舅兴致未消，分别说着自己的工作、参军的经历，又拐到了母亲被送走的节点。母亲已然知道，可我不知道，就打着精神听。

大舅和二舅，极力解释着兵荒马乱中母亲生病才被姥姥送走的情景。他们实在想把情形说得有多么迫不得已，也想得到母亲的认可或者响应，可母亲像是睡着了，一声不吭。而当事人——我的姥姥，语气没有儿子们激烈，还异常平稳，时不时补充着儿子们所不知道的细节，慢悠悠的口吻，像是在讲一个古老的传说故事。大约随着时间的老去，发生的故事也都老了吧。字里行间，没有母女分离的哀伤，只有合情合理的世事弄人……大约只有我察觉到，母亲把头埋进膝盖里，肩膀在微微抖动吧。我紧紧依偎着母亲，轻轻拍着母亲的后背，母亲的身体也微微倾斜过来，那一刻，我突然感觉自己长大了。

后来，母亲借口上厕所，拉我推门出去，只见满天寒星，在无边无际的星河里闪烁。还有溜溜的细风，从树梢，从我俩热燥的身体掠过。站在树影里，母亲回顾四周，说这就是她出生的地方啊。我不太懂母亲所想表达的含义，却想起了我的家、我的亲人和那个两扇木门、一道砖墙的院子。末了，母亲抚摸着我的头发，轻声说："等明儿办完事咱就回……"

缺 失

雨后的天空，罩着地上的一切，也包括那只灰色的鸽子。能感觉到风，并不大。如果这风是在春夏的田野，不过是一瞬间就消逝的节奏，顶多会摆动几下树梢，麦浪会浅浅一笑。可这风，到了冬天的城市里，却在楼宇之间盘旋，还发出金属哨子般干燥的啸声——也许本来宽和的风，经过水泥森林的切割，也变得有棱角了。

鸽子的身影，时而能看见，时而看不见，看见与看不见，都在眨眼工夫。它自顾在寒冷却广袤的天空里放逐自己，不会在天空留下一丝痕迹，更没有注意一束仰视的目光。在我看来，仰视鸽子飞翔，远比凑人类的热闹要好，尤其是商场门口的热闹。好大一群人，围成一个圈子，圈子中间恐怕又是在搞什么促销吧。绿灯亮了，我把目光从鸽子身上收回来，就要走上斑马线，却被一阵嘶哑的哭声给拽了回来。

这哭声，太熟悉了。嘶哑却又尖锐。准确地说，声带震动的几秒钟，头两秒是高亢的，就像一绺疾驰的风，要穿过狭小的缝隙所发出的嘶鸣；更如粗大的男嗓，挤出了一丝刺耳的女声，调门不待舒缓，猛然又跌落几个音阶，由于气息不足，那刚脱口的气息，硬生生又被回吸到肚里而发出的余音。

这特异的声音，我听了小半年。它像一把草籽，在我耳朵里、脑子里种下。时间的尘埃，一层又一层，已经堆积了三年，可在这个初冬的雨后，在一个绿灯即将结束的时候，它被重新激活了，撞击着本来已经陈旧的记忆之门。我扒开人群，探头一看，果真是他！

他半瘫在地上，一条腿跪着，叠在臀部下面；一条腿往前抻着。一只手揉着眼睛在哭，撑着地面的那只手，手背上有一片红红的擦伤。容身的那块地方，地基有点下沉，汪着一摊水，他的半拉身子和半条腿就浸在水里。有人叹息，有人愤慨，有人不屑。从几个热情的大妈口中，我大约知道了缘由。

他是被商场保安“请”出来的，两个面相慈祥的保安师傅，架着他的胳膊，从三楼提溜到一楼到大厅到门口到这块水汪，足足磨蹭了半个小时。这期间，他肢体做着反抗，嘴也不停叨叨：“看看咋了，看看还要掏钱吗？”一个戴着金镯子金耳环穿着花棉袄的大妈，应该是认识他的，因为她知道他的名字。大妈说，他一大早就守在商场门口，只要门一开，他就从一层溜达到三层，蹲在一家名牌电视专卖店里看电视里播放的动画片。还好，他只是蹲在过道上，一大早，并没有顾客，可他的存在，让两个漂亮的售货员小姑娘极度没有安全感。尤其是他看到杰瑞又一次成功偷袭摆置了汤姆，他不但会尖锐地笑，还要鼓掌。冷不丁的动静，让那两个白白净净弱不禁风的小姑娘毛骨悚然。可他似乎看不懂那一撇一撇的白眼，也许是看懂了，却不管不顾。以至于见到他，小姑娘会啪地按下遥控器。

于是，他又游荡到名牌家具店里，趁着没人，要么坐人家几万元的真皮沙发，要么摆弄那些抽屉、拉手。最要命的是，他还躺到人家几万元的乳胶床垫上，居然还知道脱鞋子，可满是污垢的脚丫子，能让售货员把隔夜饭都吐出来。

大妈蹙着眉头，满脸愁容，不知是替小姑娘们抱不平，还是为瘫在地上的他难过。总之，大妈一脸福气的脸庞上，带着悲天悯人的神色，说着，还时不时出口长气，似乎受气的是她自己……这娃子，也不看看自己这身打扮，衣服脱了当人家的抹布都嫌腌臜呢——这是保安的原话，的确这样。他上身应该是件浅蓝色的棉夹克，此刻也只有后脊梁一坨能看出原色。那条牛仔裤，沾满了油渍泥土，乌漆麻黑，脏破不堪。

他才不管众人鄙夷或怜悯的目光，就瘫在那汪水里号哭——他一定是感觉自己受了委屈，每当心里不平时，他就会发出那特异的哭声，宣泄心中的愤懑，像个饥饿时需要吃奶的婴孩。可他，已是个十七八岁的大小伙子了。

真的是他，那张三角形的脸庞，几与眉毛垂直的眼睛，还有眼睛里透出的迷惘、冷漠、狡黠、胆怯、焦虑等复杂的意味，与三年前一样，丝毫没变。

他也看见了我，略微一怔，故意拖长的哭声也暂时停顿了一下。就在这个空隙，我轻声说："强，起来吧，地上凉。"他叫强，姓李。

强低头，继续揉着眼睛，脑袋一沉，缩回前腿，又抬起身子，抻直了后腿，这才扶着地面，缓缓要从地上站起来。我上前一步，预备拉他一把，可他身子猛然往后缩，我扑了个空。我有点意外，他也感觉不妥，就搓搓手，叫了一声，姐。不待我说话，他拨开人群，在一片惊呼声中，冲到了马路对面，很快不见了踪影。

没错，我是他姐，只不过，是四五杆子才能够着的表姐。强是我三婶表弟家的儿子，也是我曾经房东的儿子。刚参加工作那年，单位没有空闲的宿舍，我就搬到了他家。他家是城中村。有人说，城中村胡搭乱建，藏污纳垢，是都市的牛皮癣，而他家，是牛皮癣中的牛皮癣。他的左邻右舍，通排都是三层或四层的自建楼房，门脸贴着白刷刷的瓷砖，门楼上镶嵌着"富贵之家""耕读传家""书香世家"等字眼的牌匾，整洁漂亮气派。他家呢，夹在中间的一层半的楼房，不要说门脸，就是找遍整个屋里屋外，哪怕是灶台或者卫生间，也看不见一片瓷砖。红砖垒砌的院墙也不低，歪歪扭扭的砖缝，一看匠人的水平就很蹩脚。

与邻居们不同，强家墙头上爬着丝瓜秧子。夏天里，林总的绿叶黄花格外惹眼。深秋了，破败的藤蔓、零星发霉腐烂的老丝瓜，还在原地待着——生命开始于结束，能岿然不动，算不算一种幸运呢？他家之所以有这样一处风景，是因人家的楼房都是全封闭的样式，这样设计，工程量自然大得多，但房间也多，每个月光房租一项，也够全家人花销了。全封闭的院落里，不见天，更没有太大的下脚地儿，可大门外却清一色修着个长方形的小花圃，种着牡丹、月季或者樱花之类的草木。不要说房子，就是这些不当吃喝的植物，也能拉开彼此之间的档次来。

第一眼看见这样的宅院，我心里是抗拒的，可碍于拐弯亲戚的情面，我还是住了进去。还有一点，他家的房租比旁人家便宜十块钱。一个月十元，一年就是一百二十元，快够买一辆凤凰牌坤车呢。可搬进去后，我又开始后悔。

强家一层半的楼房，楼上一大间，都没有粉刷，墙缝能见天。楼下正房两间，一间是他住，一间是表舅夫妻俩住。楼梯间是卫生间，外面搭了个简易灶台，一家三口一日三餐，就在那里做。而我，被表舅安排在大门左侧的临街房里。这不足六平方米的房子，只有一张一米宽的床和窗户边一张六十厘米的书桌。大约因为我要来，特意粉刷了，泛着一股新鲜的水泥和胶水味儿。头顶一盏电灯，天黑时打开，还没有黎明的太阳明亮。我站在凳子上一看，只有四瓦的功率。为了晚上看书，我特意买了一盏台灯，可表舅几次对我说，晚上看书，对眼睛不好。

刚开始几天，我并没有看到强。只是在搬东西时，好像在上房屋门后看见了一缕别样的目光。有天早起，我就着桌子看书，感觉一阵窸窸窣窣的声音，以为是那只肥大的黄色狸猫在窗台外面玩耍。它是表舅的宠物，这所宅院里最可爱最漂亮最自在的就数它了。一天到晚，它要么在二层房檐上晒暖，要么在一楼墙根下刨坑，丝瓜根下的泥土里，估计藏有蟋蟀或者蚂蚱，它捉住了也不吃，只是用爪子拨来拨去地挑逗。可下意识地，我还是往外瞅了一眼，呀，吓我一跳，我看到一双乌溜溜的眼睛！猛然，我拉上了布帘，心怦怦乱跳。

不用猜，是他，我听到了唧唧唧唧的声音，与他的哭声一样，他表达高兴的笑声，也很与众不同。好像嘴巴张不开，或者情绪没到位，他的笑，是从牙缝里挤出来的，非常像受惊吓的猫叫声——当时听见这样的笑，让人心情很不爽利，似乎，带着恶作剧的窃喜。接着，玻璃窗户上又探出来一根竹竿，居然还拴着一只死鸟。

我猛然拉开房门，竹帘子呼啦的声响，把站在窗户根的强吓一跳。强的脸刷地一下苍白无色，忙把死鸟藏到身后，嘴角左右跳动几下，却始终没有说出话来。看他手足无措的样子，我故作沉冷地说：“呀，好漂亮一只喜鹊啊，饿死了吧？”他嗫喏一声，是。然后飞快跑上四级台阶，闪到了自己屋。好一会儿，没见他再露面，可临出门，我又发觉了一束躲在门缝里的目光。

大部分时间，强一个人在家。他的妈妈，我的表舅妈，一大早就会拖个肥大的尼龙袋子出门。隔着竹帘，强会冲着他妈的背影吆喝一句：“哎，那女人，给咱家捡一块金子回来啊。”这话实在好笑，可我始终笑不出来。此时，强的爸爸，我的表舅还没上班，他在一家私人预制板厂打工，每天出门，都骑着一辆两三成新的二八自行车。他个头不高，却很敦实，一副身板周周正正，像个军人。

强听见他爸爸推车子，便会缩回身子，躲在自己屋，一声不吭。那只肥猫，却从竹帘里挤出来，蹭着男主人的裤管，喵喵喵叫个不停，像个纠缠父亲的孩子。这时，男主人便会温柔地说：“咪咪，乖，回去哦，等我给你捎肉肉吃。”肥猫似乎听懂了，喵喵叫几声，便摇着尾巴，慢吞吞顺着楼梯，一级一级，上到二层顶上。男主人目送肥猫上去，这才推着自行车走了。

院子沉静下来，只有丝瓜花儿上落的那些苍蝇、蛾子的嗡嗡声。

等我晚上下班，院子里才又热闹了。不久，强的妈妈也回来了，肩上驮着那个鼓鼓囊囊的袋子，嘴里说着累死了，跑了一天，却没捡到啥值钱玩意儿的话。强往往会从竹帘里头探出圆脑袋说："笨女人，笨死了，你都不会捡一块金子回来？！"

表舅妈一听，往往也会放下袋子，扯着嗓子喊道："你个混蛋货，生你有啥用，吃了睡，睡了吃！"儿子一听，叉着腰出来，神气活现地说："你才混蛋，还说我呢，你男人打你轻哩！"儿子冒犯的话，并没有让做母亲的恼怒，她居然嘻嘻笑了，然后从袋子里掏出一大堆废品，按种类垒在大门楼的一角。儿子见母亲"休战"，依旧不依不饶，有时会跑到母亲跟前，故意把码好的废品推倒。母亲追着打儿子，儿子在院子里，像是一条滑溜的鱼。如果没有发生那些前奏，这幅画面看起来倒也温馨，就好像一个正常的母亲与儿子的游戏。

母子二人正互动，一串车铃声响了。那只肥猫不知道从哪儿急匆匆冲了过去，围着刚进门的男主人的裤腿，仰脸喵喵喵地叫唤。男主人便会一只手抱起肥猫，摘下挂在车把上的塑料袋说："咪咪，乖，想我了没？是想吃肉肉了吧？别急哦，我给咪咪吃肉肉……"此时，女主人不再说话，忙着去淘米做饭，儿子也钻到了自己的屋里。一会儿，从男主人的屋子里，会慢慢散发出一股卤猪肝的香味和肥猫愉快的叫声。有时，我在院子公共水管洗衣服，会看见强从屋里缓缓走出来，看看父亲房间，摇摇头，咬咬牙，满脸愤慨。他绕

来着走着，走着来着，也不知道，他们是我家窑洞的江湖，还是我家窑洞是他们的江湖。

到母亲身后，悄悄咯吱着母亲，母亲怒目圆睁，表示不满，却不会大声呵斥。母子俩就在一片将垂的暮色里，无声地做着斗争。

深秋来临，院子里更不见舒朗，还天天洋溢着一股尿骚味儿。天不明，就听见表舅妈大声呵斥儿子的声音：“祖宗啊，你丢不丢人？你咋都没脸啊，又尿床了！”此时，倒也听不见强犟嘴的声音，大约是理亏，或者他爸还在家。如果表舅妈埋怨的次数多了，表舅才会哼一声，说：“闭嘴！说那有啥用？还不是你生的好东西！”那只肥猫，也跟着凶巴巴叫唤几声。

看得出，表舅在这个家庭是非常有权威的，只这么冷冷一声，表舅妈就会任劳任怨把一床铺盖晾晒在还不见阳光的院子里。有一次，表舅妈搭着被子，自言自语道：“前世造啥孽了，生这样一个祖宗来？”强偷偷跑出来，对母亲说：“我不是你祖宗，他才是你祖宗！”他嘴里的他，指的是谁呢？

重阳节时，强的奶奶来了，是个八十岁白发苍苍的小脚老太太。看样貌，表舅不太像他的母亲，大约像他的爹吧，我暗地里想。她身量大，拄着一根拐棍，只能坐在一张半人高的靠背竹椅上。阳光越过高墙，照得老太太一脸喜气。知道我与她有亲戚关系，她对我非常和蔼，有一搭没一搭和我聊天。听口气，老太太虽然来自农村，却也知书达理。她穿戴整齐，头发梳得一丝不苟，像个旧时的管家妇女。她举起自己的袖子，说："闺女，看见没，这是我自己缝的。"这件灰色的大襟布衫，看针脚，仔仔细细的，小米一样匀称。尤其是那几粒瓷实的盘扣，看上去很精巧。说此话时，一种浓郁的幸福感围绕在老太太周身。

"是啊，八旬年纪，眼睛居然不花，还能动手做衣裳，是很幸福呢。"老太太见我夸赞她，笑得合不拢嘴，说："呀，闺女，你真会说话，我那大孙女和你一样，招人喜欢哩。对了，她今年考上高中了。"从她喜悦的神色里，知道老人家还有个懂事乖巧的孙女，我的心里就像开满了花朵。

我在洗衣服，老太太就那么安详地坐着，我俩闲聊着，彼此都很愉快。还真是的，表舅果然当过兵。他家在南岭，距离市区四五十里。老太太轻轻叹口气，似乎想说很多话，却欲言又止。最终她还是忍不住说："强，是个可怜娃啊，跟他妈一样，都是胎里带来的憨。"说完，她好像犯了错一样，半天不言语。她手里捏着半块鸡蛋糕，是表舅买的。肥猫许是嗅出了一点气息，从房檐上探探头，非常柔和地叫了两声。空气里不但有蛋糕的甜腻，丝瓜花的清香，还弥漫着粥香。这才是居家过日子应有的气氛吧，我问自己。

强踱步出来了。他偷眼看看我，我没看他。他就围着奶奶的椅子，慢悠悠地转圈。奶奶说："这娃子，老老实实别动，转得我眼晕。"强不听，继续转。老太太用拐棍戳地，咚咚得响。强却一把抓住拐棍说："你个老太太，为啥来我家？

你咋不去你闺女和大儿子家？我姓我妈姓，又不是你张家人，你干啥来我家？”

老太太明明很生气，却一声不吭，她扭开脖子，不与孙子对脸，嘴唇却轻微地在打哆嗦，喉咙里还发出一阵低沉的闷气声。见我脸带愠色，老太太摆摆手。

做饭的表舅妈看见了这一幕，扭头说：“祖宗，你别把老太太弄倒了、摔住了，咱可没钱给她看！”

老太太不吭气，嘴唇抿得更加严实，头摇得更厉害了。强一看奶奶不理他，就挤眉弄眼地质问奶奶：“老太太，你为啥来我家？你个吃饱墩儿——”末尾那个“墩”字还拉得老长，充满了戏弄。我扭头“刺”了强一眼，强的目光躲避了一下。见他稍稍有点收敛，我继续洗衣服。

强可能太无聊了，就抓着椅子的靠背，往后面一压再压。老太太“呀呀”连声惊叫，眼看双脚就要离地，不待我出手，做母亲的噌一下从台阶上过来，低矮臃肿的身体倒也异常灵活。她扶着椅子骂强：“你个混蛋，丢手！”强脸上满是得意之色，嘻嘻一笑，放开奶奶，却与母亲扭作一团。

老太太气急了，弯腰拾起拐棍，朝着孙子身上撩着，说：“强，乖，你咋打妈妈哩？”

表舅妈却不愿意了，说：“你个老太太，别打我儿子！”老太太忙住手，摇着雪白的脑袋，望着呆若木鸡的我，眼里噙着一汪泪。适才脸上那点金黄的阳光，此时完全看不见了。

许是母亲扭痛了儿子的手臂，儿子用力一甩，母亲居然一个趔趄，摔在台阶上。我急忙过去，搀起这个可怜的母亲。母亲翻身，随手摸了一根棍子，朝儿子打去。我纳闷她翻脸的快捷。刚才老太太的拐棍只是沾了她儿子一下，她就过来护短，现在可好，自己反而下大力气打儿子了。我忙拉住劝说。她挣脱我的手，把棍子一下扔到地上，哇一声哭了。那根棍子弹了一下，像根弹簧蹦出去老远，才又躺在了地上。

见母亲哭了，强讪讪地，因为用力发红的脸，渐渐恢复了苍白。房檐上那只看了半天热闹的肥猫，见院子里动静小了，示威似的叫了两声。强听后，一个箭步冲上楼梯，之后，是强追逐肥猫的脚步声和叫骂声。表舅妈见强不在跟前，自己抹了一把眼泪，回身开始做饭，却发现锅里的粥溢出来一地，于是，整个院子里都是她粗大的抱怨声。强听见了，翻身下楼，那只肥猫比他灵活，他没抓住，也是一肚子火气。可这一次，强没占上风，他被母亲用锅铲敲痛了脑袋。母亲满脸怒色，倒是镇住了自己的儿子。强捂着脑袋，开始号哭。他那带着金属质地的奇特的哭声，震荡着我的耳膜，并在我原本清贫却坦然的脑子里安了家。

那晚，因为重新熬粥，表舅回来发了好一通脾气。他的母亲苦苦哀求着儿子，说：“你劳累了一天，别和他们生气吧，我苦命的儿子。”这一声声哀求，却像是火上浇油，让平日只对肥猫展露笑颜的表舅更加恼怒。他先是捶了表舅妈几下，表舅妈哭着说饭晚了的原因，他又窜到儿子屋里，揍了儿子一顿。强又开始了刚刚停歇的号哭声，只不过，声响小了几倍，更加让人压抑。我不便出面，只能躲在小屋里，就像掉进一口井里，我快要溺亡了。

第二天一早，表舅就把老母亲送走了。那只肥猫依旧喵喵蹭着男主人的裤管，看着让人心烦。铁青着脸的男主人，却轻柔地把肥猫抱回屋里，这才搀着母亲走了。老太太走到我屋门口，停下和我告别，我出门，只能点着头，目送满脸忧伤的老人离开她儿子的家。

一会儿工夫，听见肥猫凄厉的惨叫声，一声一声刺入骨髓。我忙出门，屋檐下，强龇牙咧嘴，揪着肥猫脖子上的一团肉，然后左一下、右一下，闷巴掌扇在肥猫圆乎乎的脸上，它拼命躲闪，还露出一副凶相，嗷嗷号叫。强才不怕它，一边扇，一边嘴里念叨着："狗东西，他是我爸爸，不是你爸爸！不让我吃肉肉，光给你吃肉肉，他是你爸爸，不是我爸爸……"肥猫凄惨的叫声，让我心惊肉跳。我对强说："乖，小心你爸回来……"强抿下嘴唇，翻翻眼睛，松开肥猫，自己却嗷地哭了起来，是那么悲痛，那么委屈。表舅妈着急忙慌地从外面回来，看见儿子恸哭，忙问咋了咋了。儿子边哭边摸着屁股说："妈，他要打死我了。"表舅妈哭着安慰儿子："乖，别哭，我这里也痛，可妈要去捡垃圾了，等妈给你捡一块金子回来……"还好，这样的日子又过了两个月，我要搬走了。

临出门，我稍稍停歇一下，却没有发现门缝里那一束目光，强跟着表舅去工地干活了……

想起往事，就像有数以百计的马匹在我的脑海里四下奔走，一片浑噩、苍凉。那所宅院里，长久的死寂，突如其来的哭喊吵闹，但很快又会被时间淹没。隔着一道墙、一道街，哪怕是亲朋好友，也没人去深究根底。我除了惊愕、唏嘘、疑惑，更多是不可名状的心酸。而我，无能为力，充其量也只是目睹过这一切的匆匆过客。

尘世掠影

题记：在这个尘世上，凡人如一粒尘埃。感恩每一次遇见，让我看见卑微之光。

1

在单位，我号称“千年老一”。同事们其实不知道，我还算不上名副其实的“千年老一”，打扫楼宇的张师傅才是。因为每天早上七点半，我准能在电梯口遇到他，他拎着拖把拖大厅，我拎着包上楼。

楼上楼下人来人往，地上总有垃圾，张师傅一刻也不得闲，他不是在拖拖扫扫，就是在擦擦洗洗。刚开始，我们遇见也不说话，彼此只是礼貌性地微笑着点点头。一次见张师傅弓着腰，徒手在抠着黏在地上的口香糖，忽的，我的眼睛湿了。因为那一刻，我想起了家乡很多辛勤而卑微的人们。其中有些年老的，再也经受不了生活颠簸的，就守在土地上劳作。年轻点的，则在异乡奔波，出卖着汗水和力气，获取着卑微的收入和海量的白眼。

张师傅见我停下脚步，略带惊异，忙冲我笑笑，便又开始忙碌。我也冲他笑笑，并第一次开口向张师傅说了一声“早安”……

许是时间久了，口香糖黏在地上，不太容易弄干净。张师傅很努力，他半蹲在地上，用指头抠，用铲子铲，可白色的地板上还留下了一团黑色的印记。这不足三厘米长的印记，成了张师傅的心病，每次拖地到此处，他总是格外卖力。隔了几天，印记没了，地板重新恢复了白净。而张师傅见人就说酒精没有“香蕉水”好使，他喜滋滋的老黑脸上泛着红光，似乎刚完成一件了不起的大事。

时间久了，我们变得熟稔起来。有时，我拎着两捆书上楼，刚走到楼道口，张师傅就跑过来，夺过一捆送到电梯里……受的恩惠多了，总感觉亏欠他，每次遇到他，我总微笑着说些“您忙着啊”“您早啊”“天气不错啊”的话，只有这样，我的心里才会坦然一些。

这天我忙完，已近晚上八点，张师傅居然也没走。他坐在楼道口不太亮的灯光下，垂头抚摸着怀里一团毛茸茸的东西，那是一只小狗。也许，力道大了；也许，手掌太过粗糙？总之，小狗不太领情，一个劲在他怀里挣扎。我忙着走，就随口说："您买了一只小狗啊？"张师傅抬起头，脸也扭过来，小眼睛水润润地发着亮光。他看见我，没有笑："呃……没人要了，路边捡的……""哦，真可怜。"我边说边往大门口走。

其实，我还想说"您真好心，小狗遇到您是福气啊"，可我的手机突然响了，我赶忙接电话，但还是听见了身后张师傅那长长的叹息声和小狗的哼唧声。

张师傅变了，变得郁郁寡欢。我每天照常和他打着招呼，他只是象征性地点点头，干活的动作也迟缓了许多。我不禁暗自猜测，许是那条小狗死了？但我没问。春节过完，我没见张师傅的身影，似乎听他说过，小儿子年前要结婚，那是要忙一阵子的。

元宵节过完，张师傅还没回来，一个身材臃肿但略年轻的女人接替了他的工作。当我拎着两捆书走到电梯里时，我又不自禁想起了张师傅。这时我才发现，我对张师傅的了解少得可怜，尽管在这两年里，我们一天几次遇到，几次微笑，几次打招呼，可除了知道他姓张，其他一概不知。也许他曾对我说过，他是哪儿的人，他有几个孩子，他有几亩地，可我从来没有认真听他说话，因为我……没有时间。

这天去物业公司报修线路，刘主任正在训斥那个身材臃肿的女人："你还嫌工资低？！年前有个张师傅，都快七十了，要不是因为小儿子结婚塌了一屁股债，他才不舍得离开这里呢……"

我从一楼走到了十楼，脑子好像停止的钟摆，定格在一个地方，我一直在想张师傅——一个相处了两年的陌生人。

2

论“葛朗台”与外公的共同点，唯“吝啬”二字。

外公天天板着脸，不苟言笑的样子，让四五岁的我不敢撒欢，并让我过早体会到“寄人篱下”的滋味。他宽阔的胸膛里，似乎都是冰凌，所以连吐出的话也不带一丝暖和气儿。

一天风和日丽，我与一只螳螂斗得正酣，猛听灌装麦子的外公一声断喝：“去！簸箕拿来！”我打个激灵，撒腿就往堂屋跑，可腿如编蒜，怎么走都别扭。外婆撑着布袋，埋怨外公说：“瞧你，恶得像老虎，把孩子吓成顺胳膊顺腿儿了。”

老虎也会打盹儿，外公更不例外。午饭后，外公会躺在竹椅上闭目小憩。此时，他脸上紧绷的肌肉如泥土滑坡，线条却柔和了；半张的嘴巴露出四颗老玉米样的门牙；呼噜声从喉管里吐出来，就像台聒噪的破风箱。一呼一吸间，山羊胡子也一翘一翘的……只有外公睡着了，我才敢良久地窥视他。

不过，当外公吃玉米面馍时，我却不住偷看他，暗笑他就像一只捉着虱子往嘴里放的老猴子。外公看着捧在手心的粗面馍，似乎有仇，大口大口地咬着。为了吞下它们，腮帮子和牙槽骨使了大力，不像嚼着食物，倒像是在研磨铁块。

四肢也没消停，齐配合一张嘴在忙：右手递馍，左手五指并拢弯曲做簸箕状，一直垫在下巴底下——同时，还摊开衣襟，铺在撑开的膝盖上，好接住馍渣。最后一招最绝：猛然一抖衣襟，那撮馍渣嗖一下就落入他张大的口中……吃东西的外公，就是一只灵巧的猴子！这是我通过观察得出的结论。

高手也会失手。有次外公把馍渣抖落进了眼睛，他哎哟一声，忙揉眼，听见我不小心发出的讪笑声，他哼一声，冷言道："一粥一饭，当思来之不易！"虽然，我很清楚一粒麦子的出处，可每天三顿饭，需念完这句话，外公才允许我们动筷。我不禁疑惑：牢记这句话，地里就能多打粮食了？

那时，一天三顿饭，既无悬念，也无惊喜。更怕农闲或者阴雨天，因为午饭必定是清汤寡水的汤面条，而非有浇头的捞面。老吃这些，既不扛饿，也不解馋。可外公说不干重活，吃这个好消化。外婆怕舅舅和我营养跟不上，说煮点黄豆，好下饭。外公脸一板："三年不吃长锅豆，能盖一座大门楼！不是还有一盆蒸红薯吗？那里尽是糖分！"

外公吝啬粮食，却从不惜力，他似乎忘了，粮食是他用力气换回的。我却感觉，他洒落的汗珠子比他吃的食物要多。外公饭后会装一袋烟，可没抽几口，就会被他捂灭，等困了才点上。晚上大半夜，他还坐屋檐下编筐，一个接着一个。也许在他心里，每侍弄一分庄稼、每编一个筐，清贫的光阴就会丰满了。

外公侍奉庄稼用心，督导儿子读书也不差。

舅舅十几岁了，脑子还不开窍，外公骂得急了，他便梗着脖子说："我是农民的儿子，不是读书的料！"外公瞪着眼，高举巴掌晃动几下，最后却指着墙角那沾着泥土的红薯堆，大声吼道："看见没？个头大不？这可是荒地里打下的！"停顿下，他又指着墙外榆树杈上那个老鸹窝说："看！这笨鸟还能搭个草篓子大的窝！你没见它一天到晚、起早摸黑地叼树枝？我都不信，有胳膊有腿的人，还不如一只笨鸟！"

后来，舅舅当了教师，住在城里。可舅舅却说，如果外公舍得让他吃饱，他估计还能考上更好的学校。

外公八旬大寿时，舅舅包了酒席，面对丰盛的菜肴，外公更多的是心疼。酒席散后，外公嘱咐我说，连半盘青菜也不要落下，全打包带走。眼见下了电梯，舅舅又折身回去，用塑料袋把茶壶里没喝完的茶叶也装上了，因为他搁不住外公不住地念叨："物尽其用是根本！恁好的红茶，才冲了两道，倒了可惜。"

光景几经变换，可外公"吝啬"依旧，但我现在感觉"葛朗台"与外公，一毛钱干系也没有了。

3

多久，没见过这么黑的脊梁了？

印象中的黑脊梁，是太阳烙在农民肉体上的印记，是二十四节气摊开的旗帜。泥土的黑，太阳的热，炼就了庄稼汉岩石、铁块般质地的肌肤。在村里，男人的脊梁越黑，粮囤里的粮食才越冒尖，手里的馍馍才越白。黑，在农村，是勤劳富足的颜色，是男子汉的象征。涧河东南走，岁月依次行，现在村里的男人，不要说黑脊梁，就算光脊梁，也极难见到了。

“面朝黄土背朝天”——这个农民的专用词条，早成了书面用语。

正午，气温三十八摄氏度，城市一角的小区大门口，我却看到了似曾相识的黑色脊梁。只不过，它的主人此刻不是在秋收，不是在春耕，而是在城市的烈日下负重前行。这个由肌肉和骨骼支撑的血肉之躯，并不宽阔，甚至有点单薄；脊柱艰难地弯曲着，椎骨念珠般从黝黑的皮肤下凸起，像横在泥塘的莲藕。背上所有的运动肌群，蓄积迸发力量，配合搭着一块垫子的肩膀，完成一次次的搬扛。

“黑脊梁”离我七八米远，目测一米六多的身高，腰围也就二尺一二，可脚很大，黄色胶鞋像刚从灰坑里拔出来的。他的头被水泥袋挤压在一侧，灰白的粉尘却遮掩不住颈动脉突突的跳动。我看着吃力，他的动作却非常娴熟。他短小的身影，印在冒烟的水泥地面，一会儿缩成一团，一会儿拉成长条，被太阳肆意揉搓着。他身体里涌出的已不是汗水，而是泥浆。

小飞虎货车里，半车斗的水泥，在货主的指挥下，被“黑脊梁”扛放在指定地点。货主是小区四期工程的经理，他戴着墨镜，皮包夹在腋下，站在裸露的太阳地，汗珠子不停从他额头掉落，就像散了一串珠子。他指手画脚了一番，终于拎着保温杯躲进门卫室，腆着肚子使劲吹着风扇。

周围散落不少闲人，大多是小区里的老人。人老瞌睡少，大晌午也在树荫下下棋、玩纸牌。我在柳树下修鞋，修鞋女人不停地唠唠叨叨，说她女儿学习不用功，只知道逛淘宝、打游戏，问我有啥办法没有。我支吾着，说只能慢慢引导。脚边的石缝里，有一窝蚂蚁，大约洞察到后天有雨的消息，一个个慌慌张张的样子。我感觉到修鞋女人的焦虑和蚂蚁的焦虑，可与“黑脊梁”比起来，他们总还算是安逸的。

我被“黑脊梁”牵引着视线，思维却在不断分岔。瘦小的“黑脊梁”背后，究竟有着怎样的负累，才促使他做着一个超出他身体负荷的工作？小区里一个炸油条卖胡辣汤的男人说，全家带上年迈的父母，四口人起早贪黑忙，也就图挣个现钱，好供养一对孩子和房贷。想到这里，我释然了，生活这架马车，再沉重，总要前行。

几十袋水泥，终于整齐地被码在一个角落。“黑脊梁”摘下口罩，显得牙长。他冲传达室招手，大肚子经理走了出来，拉开皮包，掏出一张红票子。“黑脊梁”没接，说：“老板，说好的一百五。”经理缩回手，说：“一百，就这么点活！”“黑脊梁”摇头：“不行，说好的一百五。”经理摊开手：“一百，到底要不要？”

两人的言语，早已惊动了几个老人。果然有些人看不惯，近前说道：“你看你，人家大热天这么辛苦，你又不差那五十块！”经理昂着头，捏着一百元与“黑脊梁”僵持着。

树荫下的我，浑身热血直冒，也走到了人群中。

几番劝说无果，有人说报警吧。“黑脊梁”突然说，不用麻烦警察，他自己解决。

众目睽睽下，瘦小的“黑脊梁”，走向水泥堆，弯下腰，双臂用力，把一袋一百斤的水泥放在肩头，又搬回车上。经理面红耳赤，忙制止说：“伙计，好了，好了，一百五，就一百五！”“黑脊梁”却挺直脊梁，倔强地说：“不行！你的钱我今天不挣了！”说完，他吭哧吭哧把几十袋水泥扛回了原地……“黑脊梁”走了，地上的汗水印迹片刻也消失了踪影。门前，依旧蝉声噪噪，车水马龙。

4

连下几天雨，初晴的太阳显得恶狠狠的。

大老远，我一眼便认出了他。小区门外，东张又西望的他，像刚进城的老农民。别怪我以貌取人，是他那身衣服和稀疏的头顶，让我产生的这个印象。

他的面容，也就三四十岁，可衣着确实显得不年轻。他上身共套了三件：硬领子白衬衣，藏蓝色的旧毛衫，外面是件天蓝色的工作服夹克。西裤的中缝笔直笔直的，刚熨烫过？或是刚从柜子里取出来？总之，我嗅到一股樟脑味儿。皮鞋的面儿很黑，鞋跟却是土黄色的，那是鞋油没抹匀的缘故……说句玩笑话，我一下子想起来二十多年前小叔相亲的样子。

见我径直和他打招呼，他身子略微一正，抹去额头的汗水，大声说："对，就是我，我是来买书的！"声音很大，很朴实。

几天前，我接到了他的电话。他说看到微信圈的新书推介，才联系的我。那是一本关于洛阳龙门的研究书籍，具有一定的专业性。当时，我以为他是相关工作者。

接着，他问我的地址，我说在西工区某超市的斜对面，他说不知道。我又说就是某知名单位的隔壁，他说听说过，但不知道咋走。他又问他在龙门住，来的话坐几路公交车。我说 66 路吧。他居然说，66 路？他那里没有。

几个回合下来，我有点小崩溃，心想对这么专业的图书都感兴趣的本地人，居然对洛阳的交通这么陌生？难道他整日足不出户吗？

我们刷卡上楼，看得出，他很拘谨。

拿到书，他仔细看了封皮、封底和版权页后，声音低了几度说："能便宜点不？"我迟疑了下，因为这是作者寄卖的。他说："书是好书，但贵了点。"我说是。他捧着书，又翻看了几页。我刚想做介绍，他笑了一下，大声说：“我对这些大致还是了解的，我家就是龙门镇的。”说此话时，他脸上透出一股自信，与初见的腼腆大相径庭。

可转瞬，他又低声说：“能打个折不？”可就算打了折，这本不足三百页的书，也要六十多元啊。听完价格，他却连忙致谢，往外掏着钱包。我心里一沉，感觉非常歉疚。

原本方形的钱包，已经变成了不规则的方圆形状。边沿都毛了，里面的隔层也裂开了，装着薄薄的几张十元二十元的票子。

付完钱，我带他参观书架。他眼睛盯住一本书：“哇，还有这书啊？”我定睛一看，那是一本新出的地方年鉴。说实话，这书很少有人感兴趣，更别提买了。他却说：“早知道你这里有，我就不托人去买了。”

此刻，他完全勾起了我的好奇心。

他一再不让我送他下楼，但没拗得过我。

我问他职业，他说没有职业，就是打个零工。我问他买书是为了看吗？他有点惊讶地说：“书就是用来看的啊。”他还说自小喜欢历史书籍，尤其是关于家乡的历史书籍。日常生活中，他只要看到了有关书籍就想买，想深入地了解家乡……临分别，他说，要是有了新书，一定要通知他。

看他要走，我突然说：“你这么喜欢读书，我推荐个老师给你做个专访吧？”他一愣，转而连连摆手说：“不、不，可不敢，我读书就是为了读书。”他的拒绝，简单而果断，并让我羞惭：是啊，人家读书就是为了读书，为什么我会有这么一个世俗的想法呢？

他大步流星地走了，那崭新的蓝色的背影，在车来车往的大街上是那么醒目。突然，我想：有种人，拮据的只是生活啊！

离家出走的猫

想到那只猫，胸膛里那颗正常跳动的心脏，就像被人推了一把，荡秋千般失去重心。

今天立冬。从前天晚上就开始下雨，淅淅沥沥，貌似不大，却很密集。我居住的城市，本就不大，自打年初，几条路都不安宁——铺设管道，埋设电缆，更换道沿。今儿刚埋上，明天又挖开。马路像扎堆儿得了重病，不挖个开肠破肚，谁的日子都过不安稳。人流，车流，网中鱼儿一般七拐八绕，寻着能够突破的口子。

路再不好走，也要天天走。就好像，我不愿意想起那只猫，可它就是个幽灵，冷不丁儿在我心里闪现。

早上，凉风灌满门洞。四楼的男人见我在纸箱里填塞人造棉，问我是否在给我家的猫搭窝呢。他天天忙得鞋里长草，为双胞胎儿子的现在和将来劳碌奔波。他驻足问话，纯粹是邻里之间的客套。但是，他说对了一点，我内心还真没把那只猫当成外人，不，外猫。

那只猫应该是个流浪者。世界上，会喘气、不会喘气的物种，都要生存。就说人吧，有的踏实如牛，一点点耕耘着板结的光阴，全部身心也被套牢；有的像蜘蛛，手脚不停，坚守着，盘算着，有可能只得到一只蚊子。就算是动物，也分三六九等，有豪门贵宠，有小户劣畜。来我家的这只猫，算是什么？

初次邂逅，在半月前。早上扔垃圾，它蹲在门口。门刚开一条缝，它呼一下起身，挤挤扛扛进到门里。我很意外，哑然失笑，自来熟的人见多了，可自来熟的猫，不多。印象中，动物天生警觉，尤其对人类，戒备之心浓厚，鸡鸭鹅如此，猫狗羊也不例外。在山里偶遇过一群羊。领头的公羊，浑身墨黑，两只犄角像两把锋利坚硬的匕首。当与人类狭路相逢时，它没一点英雄气概，撒蹄子就闪，众羊争先恐后，跟着领头的羊一路狂奔……每只羊，眼里的恐惧汇聚成一条大河，淹没了我，更淹没了羊群。在羊看来，所有人都是屠夫！都是天敌！所以，这只突兀出现的猫，刷新了我的印象。自幼我便不怯生，也喜欢开朗大方的人，没想到，动物亦然。

这个不速之客，步子稳健，趾高气扬，哪像私闯民宅？它通体黑色，额上四道黑纹，黝黑闪亮，像非洲酋长戴的野鸡翎。唯下巴颏下的毛皮是纯白的，像系着一幅白色的餐巾。它不管不顾，带着我的目光，在客厅、书房、卧室，走了一圈。

一条尾巴，骄傲地悬在半空，一走一翘，一走一翘。招摇，如一杆大旗。

它不躲避我灼灼的目光，里面没有恐惧，或者羞涩。

我养过猫。早间的农村，土狗多，猫少。大约是狗好养活，猫太奸馋。农村人讲实惠，肯舍一碗饭，就要有所值。养狗，一则看家护院，二来看护庄稼。养猫呢，最多用来捉老鼠。不管老鼠抓不抓得到，猫得一天三顿喂，所以大多的人家闹鼠患，一包老鼠药解决，干净利索，何苦养个张嘴葫芦呢？我祖母就讨厌猫，说长了一张三角脸的家伙，没好东西。何况猫要富养。残羹冷炙，白眼，窝心脚，土狗都能耐受——似乎这种从土地里生长出来的狗，天生耐得住摔打或者轻视。猫呢，啃生红薯吗？吃臭粑粑吗？猫在朴实的农村人眼里，就是动物界的纨绔子弟，娇生惯养，谄媚奸邪。

这话非偏见。我的五婶好养猫，五叔月月有工资，养活得起。每天去串门，那只黄狸猫不是呼呼睡着，就是又吃香又喝辣的。煎鸡蛋，卤猪肝，在物资匮乏的年代，逢年过节我家才上桌的东西，却是黄狸猫的日常饮食。

我嫉妒黄狸猫，黄狸猫却挑肥拣瘦，撕咬着一块猪肝，脑袋左摆右晃，还是吞不下，便叼着它跑到五婶腿边，呜呜闷哼。正纳鞋底的五婶捡起猪肝，也不嫌油腻，撕去白色的一层膜后，又塞到猫嘴里。卤猪肝香味浓郁，飘了一屋子。我咽着口水想：当个工人的女儿有福气，当个工人家的猫也不错。猫吃饱了，跳上五婶的膝盖，打着呼噜，假寐。

堂姐的衣服比我多，比我新。连猫，也是她生活画面上的优越符号。只不过，学习成绩除外。

堂姐口中的猫儿，比人还机灵。可在我看来，猫蹑手蹑脚，好吃懒做，它就是偷儿、寄生虫。对了，五婶有一次不小心说漏嘴，说狸猫将屎拉在她家的面缸里。可居然还养着，不可思议。

所以，猫不好养，也不能养。

当初母亲说要养猫，我不乐意。可母亲的理由，很充分，不容辩驳。

平房屋里，放着几包棉花，母亲积攒了好多年。我们村的水浇地，一季春庄稼，小麦；一季秋庄稼，玉米。像棉花、红薯、豆类等，只能容身在有限的荒地，或大田边角。二哥才十七岁，母亲每年就计划着种些棉花，为了准备那十几床的新被褥。

种棉花很烦琐，不像种小麦，除两遍草，施一次底肥，追一次肥，再浇两次水，就能收获果实，棉花不行。种棉花先育苗，阴历年刚过完，就在棉种里混上煤渣，摊在粗粝的地上，用布鞋底子把棉种外壳搓薄，才好发芽。接下来温水泡上，等种子扎尖了，一个个点在提前裹好的纸筒里——里面是松软肥沃的基土。一个纸筒一粒种子，摆放在朝阳的育苗池里。气温低了，加盖草苫；气温高了，要通风。晴天还要勤洒水。伺候绿苗苗，像照顾一群新生儿。

幼苗下地，更要当心。除草施肥打农药，还要打岔掐顶。一朵棉花进仓，如同闯关。虫害鼠害兔子害，野草大了也吃苗，旱涝更不用提。你想想，千辛万苦攒的棉花，如果糟了鼠害，不亚于一场灾难。母亲要养猫，就是因为大娘家的棉花包，成了一窝老鼠的安乐窝。

不久，一只黄色狸猫来到我家。才来认生，关到柴房打磨三天后，彻夜哀恸声才算停息。它毕竟只是一只猫，焦灼也好，哀伤也罢，在人类听来，只是让心情不爽的噪音。放出来后，它也没有离开这个院子，对它而言，院墙外，是个更大更陌生的世界。十几天后，它貌似顺服了。吃食，散步，纵上墙头，瞭望。也许，它想明白了，越过一条河，翻过几道山坡、沟壑，穿过几个村子，才是它原来的家。所以，它想活下去，唯有适应。

母亲会照顾庄稼，照顾老母猪，甚至照顾猫儿，都比照顾我们上心。母亲唤它阿黄。她把白馍嚼软，放在手心喂猫。我来气，嫉妒。可母亲说，半夜听不到了窸窸窣窣的动静。母亲还说，老鼠哪怕只是嗅到猫的气息，也会搬家的。我信，有了这只猫，老鼠飞檐走壁的情形就没看见过。

厌烦这只猫，还有一个原因，它和五婶家的模样差不多。渐渐地，我发觉也许都是穷人家的猫，它居然不挑食，爱吃菜。那时过冬蔬菜只有白菜白萝卜红萝卜，煮熟的红萝卜一股煤油味，我最不爱吃，总挑出来喂鸡。一次阿黄在侧，就扔给它，也是无心，谁料它叼起就吃。又扔一根，照样吃了。太奇特了，虽说猫是杂食动物，可吃红萝卜的猫，真不多见啊！好感由此而生。

一天天过去，阿黄一天天长大。对了，忘了交代，阿黄是只女猫。也不知道谁起的头，管母猫叫女猫，公猫叫男猫，真把猫当人看了。盛夏过后，阿黄肚子大了一圈，体态臃肿起来。母亲说阿黄要生小猫了，就提前收拾一个竹筐，垫上旧棉絮。筐子深，又在下面开了一个洞，方便阿黄进出。母亲说猫三狗四，意思是猫一年会生产三次？我再次惊叹。

大肚子的阿黄，天天在院子里晃悠。

八月十五前夕，下着雨，阿黄不见了。母亲和我，门里门外，不停寻找，“阿黄——阿黄——”我们焦急的呼唤声响彻整个村子，可阿黄就是没有出现。第二天，阿黄没回来。第三天，阿黄还是没有回来……那段日子里，家里的气氛是哀伤的，空洞的。母亲几天食不甘味，我的心也如腾空的田野。

好好的阿黄，怎么就失踪了？

不会被人偷了。我们村子，向来民风淳朴，乡里乡亲之间，就算一根柴火，也是有借有还的。何况，人人都知道阿黄的归属。掉到河沟的可能性也不大，阿黄最多只会纵上墙头屋顶，瞭望外面的世界。它平日，也就院前院后活动。大娘有次还说，阿黄和我们兄妹一样，恋家。

母亲说，最大的可能性是难产。可找遍犄角旮旯，哪怕阿黄的蛛丝马迹也没发现。阿黄，一只活生生的、身怀六甲的猫,生不见,死不见,从我们的视野里毫无征兆地消失了……某天，母亲又提起阿黄，我突然想到：难道，母亲和邻居们的谈话，阿黄听懂了？

见阿黄快要生了,三里五村的人见了,半真半假打招呼说,等满月后逮只猫仔回去。母亲都爽朗地应承着。阿黄就在边上,它眯着眼睛，耳朵时而竖起，时而放下，像两只工作的雷达。会不会是因为这个？母亲沉思，然后黯然说："都怨我，有可能吧。"

偌大的院子，不见了一只猫，空旷得让人心酸。阿黄诸多的好处，时不时点燃记忆。譬如，去收绳子上的衣物，掉了一只袜子，阿黄会叼回来。譬如，起五更上厕所，阿黄会和我做伴儿。再譬如，老师让观察动物写作文，阿黄毫无例外成了我笔下的模特……好处越多，就越发思念阿黄。母亲时不时说："是啊，像人比畜，有哪个当母亲的，会眼睁睁看着自己的孩子被送人啊。"

有人说，鱼的记忆只有七秒，是不幸，也有幸。有人还说，想淡化一件事，或者一个人，只需三个月。还有人说，爱情的保鲜期，最多三年。这些，我都无法获得真正确凿的答案，因为我既不是鱼，也不是有的人。我对阿黄的记忆，存储了三十年。阿黄，我家唯一养过的一只猫。

所以，这只突如其来的猫，让我想起阿黄，也想起五婶家的猫。

权且叫它黑子。这个不请自来的家伙。

黑子巡视完，扬起圆脑袋，喵喵叫了两声。它扁扁的肚子，像个塌布袋。家里也没现成的吃食，于是我找来玻璃碗，倒了半袋纯牛奶。它毫不迟疑，躬身低头，卷起舌头呲溜呲溜喝了起来。须臾，它便蹲在地上，尾巴圈着身子，伸出粉嫩的长舌头，舔完下巴，舔爪子，接着是“白餐巾”。梳洗完，它起身，前爪前探，后腿后蹬，身子拉长像一条狐尾，连续伸了两下懒腰，这才走到门边。门刚开一条缝，它便头也不回地窜了出去。

十岁的女儿放学后，听完这一番遭遇，兴奋得不得了。

次日，天还没亮，门外猫叫。女儿也不穿鞋，一蹦三跳打开门。果真，是黑子。喝完奶，黑子略在屋里转了一圈，走了。连着几天，闹钟一样准时造访。

就这样过了一周，那天是个礼拜六，喝完奶，吃了几片猪肉后，黑子没急着离开。大约是女儿的殷勤感动了它。它梳理完皮毛，嗖一下跳到沙发上。女儿想抚摸它，我不让。我先试探着抚摸了一下。黑子眯着眼，一副享受的样子。女儿学着我的样子，隆起手掌，轻轻从猫的额头到脊背，一路滑过。黑子身体软成一根面条，圆乎乎的脑袋使劲拱着女儿的手心。

黑子，一只有故事的猫。

这天，黑子并没走。女儿说，这是上天赐予我家的礼物，一定要收下。

可它来路毕竟不明，得先洗澡。

我长这么大，第一次给猫洗澡，具体操作程序不明。它不认生，我认生，便找网络解惑。网络说，猫耳朵不能灌水，嘴巴不能沾水，水温不能超过四十度……于是，我穿上厚夹克，戴上布手套。不放心，又套了一层橡胶的。打开浴霸，盆里放好温水、沐浴液，小心翼翼捉它进去。起初，它抗拒，不安，可身子一沾水，居然安静下来。它先把圆脑袋拉平，靠在盆沿儿上，身体立在水盆中央，一动不动，任我轻轻揉搓……它定是极爱洗澡，也常常洗澡；它的前主人也定是细心温柔的人，大约它也拥有过一段温馨优渥的美好时光。可为什么，它找到了我家呢？它被主人遗弃了，还是自己离家出走了？悬念无论多么多，黑子不会回答，女儿也不能。

头顶浴霸照着，额头汗珠流着，我还是很得意。第一次给一只陌生的猫洗澡就这么顺利，实在不可思议。想起我适才的全副武装、严阵以待，是多么可笑啊！得意还没十秒，情况急转直下！

呼呼呼，喷出热气的吹风机打开后，黑子像目标发现了狙击枪口，顿时如惊了的马匹，四蹄乱颤，急不可耐就要逃跑。湿漉漉的它，更像一条粗大的泥鳅，急于挣脱我的控制。

它嘶叫着，张开大嘴扭着脖子想要咬我，猫科动物那些尖锐的牙齿，令我胆战心惊。同时，它绷紧爪上的肉垫，祭出锋利而弯曲的指甲，马上就要戳破我层层的防护了！与此同时，我忙用浴巾像包粽子一样裹着它，不停擦拭。它的脑袋被我固定在毛巾狭小的缝隙里，它越动，我裹得越紧。它感受到危险，更加疯狂地扭动，目露凶光，犬牙参差。我使劲拘着它，可它湿滑的身体里迸发的力量也太大了！不得已，我把它按在地上，它更加恐惧和愤怒，浴巾里像要窜出一个怪物。我怕下手太用力会伤了它，又怕劲儿小了它伤了我。战斗，进入胶着状态。突然，它扭动的嘴巴终于咬到了我的手套，我惊叫，女儿惊叫，撒手。还好，没有伤口，可我依然浑身冒汗。脱缰后，它四下窜动，身子还在不停发抖。

后悔我的莽撞。

我从杂物间取来取暖器，大片红彤彤的光亮，温暖，宽和。我在角落里捉住它，重新用浴巾裹着，放在膝盖前的一片红光里。我想抚摸它的额头，像前几日一样亲切，可它嗷一声，触电一般避开。它瑟瑟发抖，却不依不饶，在浴巾里与我厮杀。我的膝盖，又一次感受到爪子的尖锐。

抖落掉浴巾，我和女儿离得远远的，它虽然惶恐，却蹲在取暖器前，歪着脑袋，伸出舌头，一下，一下，又一下，舔着发抖、精湿的身体。看样子，它很痛心自己油光水滑的皮毛变成一只落汤鸡挓挲着的模样。我无可奈何，懊恼，心痛，为它的愚昧和执着。

快递到了，我刚打开门，黑子噌一下，拖着湿漉漉的身子就窜了出去。我追到门洞外，一个黑影隐没在一片冬青树里。唉，十月将近，天到底是冷了。

接下来的日子，它都没来。女儿黯然，我更不安。失去信任和安全感，是最大的失败，无论对象是人，还是一只猫。当它张牙舞爪的那一刻，我就意识到了。几天过去，女儿仍在担心黑子会因受寒而感冒，因感冒而丧命。我依旧不安，却说，猫有九条命。女儿说，如果它回来了，一定好好服侍，不要再给它洗澡了。

我没有这个想法。在城市，喂养一只哺乳动物，好比小门小户娶了公主娘娘。要打肠炎脑膜炎的预防针，要洗澡，要吃要喝，要拉屎要尿尿，要遛弯儿，都不是一个上班族家庭能应付来的。时刻还有被抓被咬的风险，谁能保证，狂犬疫苗就一定是真的?

一周后，小区前照样堵得一塌糊涂。街角，一只死猫，车流人流缓缓通过，有人会瞥上一眼，却不会停下脚步。我猛然心惊，便多看了两眼。纯黑色，没有花纹，如一尾搁浅的鲸鱼。

前天夜里，明明有喵喵的叫声，可冷风寂寂的门洞里，唯有昏黄微弱的灯光和两辆破废的电动车。

立冬了，我放置了纸箱和一些鸡肉。晚上下班，鸡肉仍在。

几个邻居小孩见我，清一色问道："阿姨，你家的猫，会冻死吗？"女儿马上恼怒着纠正："不会，它只是离家出走了！"

唉，它何曾属于过我？甚至，它从来没有属于过任何人，包括曾经给它洗澡喂食、陪它玩耍的那个温柔的人。几天里，我给过它食物，就感觉自己高高在上，因此产生了一厢情愿的、让它归属我的贪念。我试图把一只渴望自由的猫，变成豢养的宠物。我还忘了，是它开始的高傲吸引了我。

它不会回来了。当我试图采用所谓人类的文明来约束它时，它就如三十年前的阿黄，洞见了人性里的自私，从而毫不犹豫逃脱了人类自以为能够遮风避雨的樊笼。

盼望今年，是个暖冬。

野茶三章

题记：置身乡野的植物，从不辜负光阴的眷顾，我们有什么理由不眷顾它们呢？

野菊茶

严格说，野菊花不算养眼的花卉，它的药用价值要大于观赏性。

曾移植过，花盆里肥水不缺，枝叶繁茂不亚于绿萝，可到了季秋之月，黄华却如阴天的星辰，瞥不见几粒。失望之余，我觉得它天生不会享福，也许只有在荒郊野岭，它们才长得踏实吧。

秋天的家属院里，也能偶遇一丛，或委身墙角，或挤出地缝，楚楚可怜，却不动人。论姿色与气势，远没有野地的绚烂与壮观，与农村老家的比起来，天差地别。

风播雨种，节令耕耘，它们的身影遍布房前屋后，沟沟坎坎。与其他野草一样，被牛羊啃啊，踩啊，却年复一年，一茬接一茬的冒芽。奇怪得很，越是经过牲畜啃食过的野菊花，越发茁壮——重新冒出的叶芽，黑嘟嘟的，像是抹了一层油。父亲说，野草野花性子皮实，就像农村的娃儿，天天泥土里翻滚，可眨眼工夫，便会上房揭瓦了。

父亲的话我信，野菊花没有翅膀，却连墙头和瓦屋顶也能上去。春上，瓦缝里冒出瓦松的绿芽，野菊花也冒出了绿芽，没什么特别。可刚跌入农历八月，野菊花便得了势力：瓦松被霜打成了棕色，渐露颓废；而野菊花，因为立身的泥土稀薄，株形并不大，可枝丫间纷纷冒出了碎金——那是开花植物对自己的交代和对尘世的献礼！没有一绺风，那点点金黄也在摇啊，摇啊……飞来一只燕雀，藏身于花间，轻啄几下羽毛，再引颈啁啾几声，清贫的农家院子里，顿时充满了生机。也许我喜欢养花种草的性格，就是受了野菊花的启蒙。

花事再好，终有谢幕之时，想让野菊花四季绽放，我自有妙招——炒茶。可我母亲嫌弃炒茶烦琐，总放在竹篦子上蒸，再晒干。而我执拗地认为，炒制的野菊花，才能抵达茶的境界。

摘野菊花制茶，得挑那些似开未开的，花朵里花粉饱满，锁着满腔香味；掐花也要注意分寸，既不能掐散了，也不能留长梗或叶子。花儿一旦摘了，就得趁早炒制，不能放置，否则花朵就会松散了。花粉漏出来不说，颜色也会黯淡，都

瓜田是外公的眼睛珠。西瓜碗口大小，他就指派我到地里，日不错影守着。

会影响成茶的成色。由衷感觉，草木心思单纯，就算与枝头分离，也会攒够最后一丝力量去绽放。

铁锅擦干烧热，火候不宜大，倒入花儿后便用干净的竹刷不停翻搅。随着一阵阵水汽的游离，花色由金黄转为暗黄，更有一种浓郁潮湿的草木之香弥漫开来。竹刷不停地搅动，花朵渐渐变小，直到蜷缩成草绿色的颗粒状。当听到茶粒与锅壁摩擦着，传来沙沙、沙沙的声音时，距离成茶就不远了——经过炙烤的洗礼，野菊花已然不再有花儿的色相了。

就算关火后，也要不停均匀地搅动，直到铁锅冷却。这个过程我称之为“焙”，目的是让每一粒茶都变得干燥。抓一把在手心，轻轻一握，不沾、不粘、不湿、不潮，才算炒制成功，可以放心装瓶了。这时发现手腕酸麻，手指也带着灼热的疼，可收获了干爽馥郁的茶粒啊。更加上人为改变了一种事物的性状，满满的成就感呢！

冲泡野菊茶，水不能太烫，不然会错过一个花开的过程——看啊，茶粒在水中翻滚，浮起的，往杯底沉降；沉下的，朝水面涌起，像上下左右交叉飞舞的蜂蝶，不，是迎风飞舞的花朵。花瓣渐渐舒展，薄如蝉翼，脉络丝缕有序，味道清香怡人。瞧，那些金黄的花蕊，在水中悄悄吐露着自己的心事，把一杯清水，渲染成秋天的流霞。

野菊茶，味辛而苦，这恰是野菊的特质，所以它才有资格跻身于《本草纲目》，成为一味利胆明目的中药。不拘什么日子，无酒无肉，来杯野菊茶，复制“待到重阳日，还来就菊花”的诗意人生，不也是很好吗？

薄荷茶

野薄荷，又名银丹草，是人们熟知的一味中药。

我家门前的墙根下，有丛野薄荷。每年春天，乍暖还寒时节，一不留神，嫩芽就拱出了泥土，不几日，便是一塌糊涂的绿。它的名字里虽带个“野”字，却生得有模有样：卵状叶长满褐红色的茎上，棵形繁芜却不杂乱，丝毫不逊色于家养的绿叶植物。

每天早晨，从它身边路过，轻轻一瞥，那里绿意氤氲，登时觉得斑驳的墙体也有了格调。阳光倾泻过来，细小的露珠，躺在叶片上，如颗颗银丹——也许，银丹草的别称就是这样来的吧。

盛夏里，特别是三伏天，野薄荷就成了邻居们的宠儿。火气大了，薄荷茶；蚊子叮了，薄荷汁；食欲不好，薄荷麻叶。婶子大娘们变着法儿，挖掘着野薄荷的潜能。一丛不言不语的野薄荷，却把她们变成了尝百草的神农一般。

野薄荷与那些冬青树，同样沐浴着风雨尘埃，可它却能绿得不染纤尘。挑个阳光晴好的天气，我喜欢在它旁边扯根绳子晾晒床单被罩，野薄荷特殊的清香味，便也能带回家了。

这种办法，算是最讨巧的“香薰”吗？同时，摘几片嫩叶，煮一壶野薄荷凉茶，既能消暑降温，又能清心提神，非常不错。

鲜叶薄荷茶，适合玻璃杯具。叶片洗净后，放几粒冰糖，然后注入沸水——看吧，玻璃杯里瞬间一派春光：纤弱的叶芽在水中舞蹈，缓缓渗出的绿，把水染成了一块西洋翠。而那些颜色更有着细微地变化，只有目不转睛，才能觉察到一种植物升华为茶的美妙。而那透如水晶的冰糖，因它特有的质地，像是瓷器上的釉色融化在了水里，使得这块翡翠更加油润。

养眼的同时，更要“嗅香”。经过沸水的洗礼，薄荷的香气袅袅呈现。薄荷的香很特殊。它不像牡丹，香得浓郁，令人痴迷；不像梅花，香得幽怨，令人遐思；更不像竹叶，香得含蓄，得耐心体会。感觉薄荷之香，如松针一般。松针味香带苦，但能除湿安神。薄荷之味麻中带苦，却能清热提神。不信？请把口鼻凑近杯口，深吸口气：一股清凉的芳香气息随着呼吸到达肺腑，片刻，这股清凉又从四肢百骸中透了出来，眼睛和大脑也跟着清亮起来。

薄荷茶冰镇才好。外出归来，饮一杯薄荷凉茶，比什么饮品都妙。喝上一口，嘴里似乎含着一块冰玉，麻酥酥的感觉迅速唤醒了味蕾，精神也为之一振；轻轻下咽，喉间似乎流动着一股野径中来的溪流。它带着淡淡的甜，清心的凉，在燥热的体内循环，逐渐荡涤身心的烦躁。数杯凉茶下肚，脑门微微凉麻，人如浸泡在一汪清泉中。红绿白黑，诸茶讲究所用之水。爱茶人认为没有好水，茶味会逊色很多。而煮薄荷茶，没那么多讲究，无论是纯净水、矿泉水，还是自来水，一样清凉麻爽。也许在茶道高手的眼中，薄荷茶不能算茶，可茶的禅机，无外乎一个“静”字，所以我认为，能安神清心便是好茶。就好像交友，只要有益身心，还管什么地位声名？

品多了野薄荷，真的感觉它很像一种朋友。他不会在乎你的身份地位是否与他匹配。你意气风发时，他不会恭维你，只是默默关注着你。而当你失落时，他却会及时地鼓励你。可不可以称这样的朋友为“薄荷友”呢？这样的朋友，不受地域、时间、物质的左右，不敢说知己，但堪称人生路上的良师益友。

夏日一杯薄荷茶，人生几多“薄荷友”，烦躁时能够清心，落寞时又可提神。有茶如斯，何其美好；有友如斯，又何其幸甚！

茵陈茶

母亲蹲在荒草里，像在找金子。

农历年刚过，高家崖还是一片荒凉。来自涧河湾的冷风，掠过水面，穿过崖头，落在干枯的黄蒿丛中和母亲的头巾上、衣袖里。连续三年，母亲总这样，不顾春寒料峭，年过七旬的她，挎着竹篮铁铲来找她的宝贝——茵陈。

茵陈是种奇妙的植物，名字随着月份转换。二月叫茵陈，常用白漆写在中药房的药屉外面，开在中药方上；三月叫白蒿，也是乳名，更是乡下人的叫法。三月之后直到枯黄衰败，就是黄蒿了。它和人一样，随着岁月流转，名字就有不同的叫法。我更喜欢茵陈二字，自带一番古色古香。更新奇的是，每年的茵陈，是从黄蒿木化的枯根上冒出的芽片。

更多人，只是把白蒿当作春天的野味儿。拌面蒸熟，口感绵柔，还有股特别的草木之香，大饭店里一小盘，就卖到二三十元。每年春节刚罢，村里人就会忙不迭四下踅摸，挖来卖钱。

我们村紧邻涧河，河滩松软的沙土里，除了数不清的鹅卵石，就是漫天生长的蒿草。叶子肥厚发黑像菊花叶子的，是驴尾巴蒿；叶子颜色比驴尾巴蒿的略浅、叶片较小的叫青蒿；叶子泛着银光，带着药香的是艾蒿。它们的腰杆，直且硬，笔挺着迎风纳雨，总是一副大义凛然的气势，堪称草中的钻天杨。还有高蒿，无愧于一个“高”字，总是高人一头。叶子狭长，五六片齐围着指头粗的茎秆一溜儿上长，像是一根根绿色的鸡毛掸子栽在地上。它也不咋开花，可顶头的几片叶子总是嫩黄嫩黄的，倒像是一朵不败的花。

这些蒿草挤在一起，撑起一方天地，是反刍类牲畜的优等饲料。三十年前，每天放学后，去“杀”捆蒿草回来喂牛，是农家孩子长大或懂事的象征。

茵陈不好热闹。或许，它明白自己资质平庸，竞争不过粗枝大叶的同类。或许，它喜欢远眺，遥望更远的远方。所以，越是坡地崖头，它们才会落脚。茵陈枝叶细碎，一条主干，离土还没三寸，就开始木化，然后七拐八扭地生出新枝条，之后分叉，像一团交缠的尼龙丝线。

夏天里，一棵成年茵陈远看茏葱，近看却纤弱得紧，姿态与文竹相仿，却没有那股斯文劲儿；花与果实同样细碎如粟——论姿色，真的平庸无奇。当一株茵陈变为黄蒿后，周身散发着苦辣——恰是熏蚊子的好材料。过去住在窑洞，一到傍晚，蚊子们那嗡嗡嗡的轰鸣声，隔着木门，都能让人浑身难受。于是，挎着箩头到麦场扯几把秸秆，再“杀”几株黄蒿，点堆暗火来熏。带着饭菜香味的炊烟，混合着苦辣的蒿烟，一起流散在天边，召唤着地里干活的男人和归栏的牛羊……

高家崖离村四五里，有个破瓦窑，下面连着一片坟地。母亲眼神不济，手脚又慢，她与白蒿一样，都有着自知之明。虽说“二月茵陈三月蒿，四月茵陈当柴烧”，可母亲也太心急了些。看见连篮子底也没盖严实的几根茵陈，我就忍不住嗔怪：“您老就不会再等等？出了正月也不迟啊。”可母亲一边晾晒着她辛苦弄回来的宝贝，一边摇头说：“你们年轻人懂个啥？这东西要是长成柴火还有啥药效啊？”

母亲积攒下的茵陈，是给她堂弟的。

堂弟是母亲叔父的儿子，从小失怙，母亲年长他三岁，格外怜惜他。成年后，堂弟时常来瞧母亲，每次塞钱，母亲总是拒绝。反而，他日益肥胖的身体，让母亲担心不已。三年前，堂弟因肝炎入院，母亲去探病，偶然听见一个人说，茵陈泡茶最对症了，可惜药房的怕是人工培育的，没什么药效……所以，两鬓斑白的母亲，每年都会提前“下手”，在荒草丛里寻找那一棵棵银白色的、细碎的茵陈，晾晒后用纸包上，捎给她的堂弟。

果园静寂

外公家的土地，大多分布在秦岭余脉上。大约缺水，离天又近，土被日头烤成红色。所以，一旦下雨，这些土就像刘备得了荆州——就算被雨泡成糨糊，山依旧是山，岭仍旧是岭，可一脚下去，腿就拔不出来了。这些土，干了又如铁石，一颗种子落地，不扎根则可，一旦扎下根，算是开启了倔强、粗粝、坚忍的生命之门。红土层像生了铁锈，却蕴藏着万物生长的雄浑之力，出产的红薯西瓜苹果，皮啊瓤啊红得不像话。小麦籽，黑里透着赤红；玉米粒，黄里透着红——这些噙满土地精华、农人血汗的粮食，经过艰难跋涉，终于完成了生命的升华。

外公家苹果园分产到户后，和我的暑假又扯上了关系。依旧“背井离乡”，可看苹果，好像比看瓜惬意。西瓜秧再努力，也只能匍匐在地上，自顾不暇地接受风吹日晒。苹果树呢，根深叶茂，一棵挨着一棵，一片连着一片，就算无风，幻觉上也是绿波涌动。人躲在树荫下，就像顶着一顶大伞。再热辣的风，经过绿叶层层的过滤，也定然被稀释的柔和了。最令人心动的，是想到天天能和苹果为伍，幸福感就满溢心田——生瓜没一点吃头，可苹果就算才拇指肚大小，嚼着就有一股甜味。

所以，当外公一说出来意，不待我妈发声，我便一口答应了。因为外公还说，丁香也会来。丁香？那个脸蛋圆的像月亮的女孩，我倒是很喜欢她。

外公的苹果园在村子西边，离家四五里。站在房后麦场的石磙上望去，那一溜黑青色，和南山西山浑然一体。当太阳下山时，万道霞光从林梢投射而来，暮霭里仿佛都带着一股苹果的香甜——可惜，这只是我天真的幻想。

这些苹果树，栽种于二十世纪六十年代初期，外公家有八十棵果树，品种有红香蕉、黄香蕉、国光。可无论红黄，当我看见时，统统是乒乓球大小的青瓜蛋，一个个顶着满脸的白麻子。谁要说果园飘香，我就跟他急，因为这里的杀虫剂味道能把路过的大雁熏晕。因此，见我用充满疑惑的眼神盯着那些苹果，外公第一句话就说："可不敢摘，有毒！"外公放下一罐水，走了。他要去其他的庄稼地里奉献汗水和气力，把辽阔的果园交给了十岁的我……明明没有风，耳畔却传来波涛般哗啦啦的声响，我的头皮一阵发麻，仿佛听见了虮子失足滑落的声音。

一种熟悉的上当的感觉，卷土重来。

久旱无雨，地皮板结如铁板，可它依旧敞开怀抱，供养着草木吸吮。辽阔的果园里，清一色的黑褐色树干顶着灰青色卵圆形的叶片。以为地上除了杂草，没有活物，可一队队奔走的大蚂蚁，就像穿越丛林的士兵，边走边瞭望。它们怎样躲过杀虫剂的毒害，要去哪儿，我不关心，我只想到庵棚里去。孤身站在果园里，就如置身于一座荒岛。我害怕这种辽阔和孤寂，庵棚是我最后的避难所。

庵棚离地两米多高，四棵高低粗细差不多的苹果树，是它的四条腿。我干转了半天，才发现上去的机关——树干上错落的节疤上布满泥痕，一定是外公上上下下的缘故。我抱着树干，攀爬上去。棚底是一张床板，顶棚是一卷苇席。用苇篾编制的席子，不仅铺着不沾身，还能糊顶棚。庵棚外还加了一层塑料布，防雨。庵棚只有半米多高，按照我的身量，只能盘腿坐着。尽管两头透气，可纷杂的苹果树叶，就像一堵堵墙，压在心上。拨开叶子，还是叶子。放开叶子，我仿佛坐在一口悬棺里。耳际蝉鸣依稀，“死—咕—嘟，死—咕—嘟”的鸟叫，有点扎心。

这种鸟，大人们管它叫死咕嘟，它只出现在坟地等荒僻之地。它的嗓子就像一张渔网，而“死—咕—嘟，死—咕—嘟”的叫声，就是落网之鱼，绝望的鱼，在网里打滚、翻腾，生命将息的哀伤，透过网眼一点点逃离，落在荒野里，依旧浓稠地研化不开。

果园里有很多坟地，不知是先有的果园，还是先有的坟地？坟地离我还有数十米，我却如芒在背。那些鬼故事里的魂魄，像是游动的鱼，那种长着牙齿的凶恶的鱼，在我心里游荡，直冲进脑海。树叶也装腔作势，弄出的动静，让人心惊肉跳的。最可恨的，是那些“死咕嘟”，把好好的大清早，弄得凄惨不堪。

悔恨如洪水决堤，冲垮了我欲望的城池。我从小贪吃，母亲说因为断奶早的缘故。记得学龄前在外公家，家常便饭，常被我吃出山珍海味的气势。晚饭经常是红薯稀饭，我就着咸菜，一口气能吃两碗红薯，再喝一碗汤。因此，外公说我是个“吃饱墩”。刚开始这样叫我，我又羞又恼又自卑。可时间久了，脸皮也厚了。吃饱墩就吃饱墩，总比吃不饱强。

枝头上挂满果实，在我眼中却空无一物。谁说苹果园里一定就有苹果吃？这是我当时多么沉痛的领悟啊！

庵棚里，躺着窝憋，坐着更窝憋，痱子都要憋出来了。外公也真是，这么多家苹果，人家都不怕偷，就你家的怕偷？苹果这么小，有啥可偷的？况且，好端端的果林，喷了这么多杀虫剂，像布下了毒瘴，还有谁不知死活，为嘴伤身呢？我的心思在动，日头也在微微倾斜，日光透过顶棚的缝隙，彩雾一样弥散。

如果不是一群咩咩的羊叫声，我会睡死在我的“悬棺”里。

田埂上过来一群羊，如土匪进村，东撩一嘴，还没咽下，又西撩一嘴。真像我祖母说的，这些张嘴葫芦，前世都是饿死鬼。赶羊的女孩，一手执鞭，一手执石，十六七岁，田埂上膝盖深的野草，哗哗给她让路。她在草里闯荡，却不许羊群跑偏。领头的黑羊张嘴要啃树皮，“嗖——啪”，一块石头不偏不倚，正中羊头。黑羊吃痛，忙收敛起白森森的牙齿，领着十几只老羊小羊公羊母羊继续跑。

羊这物种，别看胆子不大，却很聒噪。但我喜欢小羊的叫声，又萌又嗲，颤巍巍的，像是猫儿献媚撒娇的叫声，也像是婴儿受了委屈的啼哭声，渴望母亲的亲昵。母羊呢，伸出舌头在舔另一只瘦弱的羊羔。

这群羊，肯定是一家羊，老母羊温暾，老公羊矫健，它们嬉笑玩闹，它们欢快无比。羊们并没发现我，这群知觉迟钝的家伙，好像除了吃草、啃树皮，就没别的事可干了。因为它们，果园陡长了几分生机。

“芽儿，下来吧。我是丁香。”女孩的嗓门高又亮，果园里像刮来一场爽朗的风。哦，真的是她。 我管她爹叫四舅爷，前几年我们一起玩过。此时分明是个大女子了，和她妈一样，圆滚滚的身材，大大的嗓门。我从树上溜下来，第一眼不由自主瞅向丁香的右手。

西边宽大的田垄，足有三四米高，像一堵厚实的围墙。丁香把头羊固定在半坡，其他的羊，也不乱跑，围着头羊啃草。遇到不安分的羊，丁香上前就是一顿鞭子，边抽还边骂，越发像她妈。记得她家曾丢了一只鸡，她妈从村西骂到村东，从村南骂到村北，没有一个人敢接茬。

羊吃青草，我们玩游戏。丁香说，听说我要来，她可高兴了。说真的，我也高兴，这应该就是“他乡遇故知”吧。丁香还有个小名，叫“六指儿”，可我只叫她大名。我从心里憎恶那个软哒哒、花生米大小的肉疙瘩，它的出现，难道就是为了让一个活泼的女孩受到旁人的羞辱？听外婆说，丁香一生出来，她爹就要拿剪子剪了，可丁香奶奶不让，说老天自有美意。说实话，真不美。

丁香在村里，孤零零来洗衣，孤零零去割草，我们俩倒是同病相怜。我是“外来户”，和她相差五岁，也不耽搁我们成为玩伴。一段时间，我简直就是她的影子。

丁香从口袋里掏出一把“马螺”——七个子，分七步玩，玩法逐步加码，非常考验人的耐力。我见过石头子的马螺、青瓦磨的马螺，黑瓷片磨成的马螺是第一次见。所用瓷片定来自腌咸菜的瓷缸，壁够厚，磨出来的才浑圆好看。瓷片要磨成马螺，不亚于铁杵磨成针吧。果然丁香说，这套宝贝，是她在小河滩磨了十天的结果。说着，她还摊开手，六指上伤痕累累。我问她疼不，她龇牙笑，说磨掉了才好，眼睛里透出一股清冷的光。

这套马螺一旦掏出口袋，就如珠宝出世。真是神奇，我俩相距一二十里，可玩法仿佛一个师傅教的，就像流传在乡间的方言，再怎么生僻怪异，当地人也能心领神会。

一个孩童，可以整天坐在尘土里，哪怕玩一根折断的嫩树枝，也不会感到枯燥无味。而那些为生计而忙活的大人们，早已失去专心致志玩树枝的本领了。大人们待在脆弱的独木舟里，挣扎着越过欲望之海，本身也是在玩一场关于生存到死亡的游戏，远没有孩童的游戏令人愉悦——这是我读完泰戈尔的诗的领悟。玩着马螺的丁香和我，就是两个坐在尘土里的大富翁。一局接一局，我们玩得不亦乐乎。

太阳三竿子高了，苹果园里又来了很多孩子，男孩居多。

原来，没有谁会忽略自家的果园。白天要防备牲畜进来，树皮一旦被啃了，果子一定保不住。还怕鸟雀啄食，麻雀黑老鸹喜鹊可不管果子是青是红、打药没打药，反正吃了才知道，不吃白不吃。一旦发现目标，我们都会扔个土坷垃过去，或者吆喝一嗓子撵走它们。其余时间，打纸牌，玩马螺，下“四步丁”——一种简易的棋类，随便找四个石子就能玩。

如果时间都被游戏占领，灵魂也会开花。谁说快乐是短暂的，太对了！看苹果的孩子大多比我大，看果园只是他们日常生活的插曲。他们来的比我晚，走的却比我早。农村生活的这团麻线，想理顺它，孩子们也起着作用。

就说一天三顿饭吧，富裕的人家用碎煤，一般的人家用柴火。封煤火的煤块，可是个技术活。一少半的红土，先用水闷透了，再掺和多半的碎煤，用铁锨用力翻动、打击，硬生生把煤和土的命运，杂糅成一体后，再接受火焰的洗礼。软硬度适中、煤土比例合适的煤块，才不淌炉，也能烧透。这些活计，一般都是半大的孩子们做。烧柴火的人家才忙，炉子也是个张嘴葫芦，只有喂饱了它，才能喂饱一家人的肚子。因此，砍柴、拾柴，也是半大孩子的事儿。比起耕种耧耙，这些活看似轻巧，却也至关重要。

羊跟着主人走了。日头跟着暮色走了。果园里只剩下苹果树、我和“死咕嘟”。外公说，晚上他不来，我就不许走。暮色缓缓遮蔽了天地，遮蔽了我的胆气。

丁香临走，给了我一根树枝，让我防身。我拎着比我胳膊还粗的树枝，莫名的恐惧又涌上了心头。

我不会到庵棚里去，虽然我不知道我为什么这么决定。

可我能去哪儿？月亮出来了，白的像一块冰糕。我情愿它躲在地球的另一面，让万事万物都浸在黑暗里，我可以把黑暗当作一件隐身衣。可它不愿照顾一个小女孩的心情，只管把清辉洒落人间。这份光辉，洒在河面上是波光粼粼，洒在花枝上是风情万种，洒在父母兄弟俱在的院子里是其乐融融。如今，它把光洒在果园，就像一台投影机，把姿态各异的枝枝杈杈，变幻成张牙舞爪的阴影，俯冲向地面，俯冲向我。枝叶间，虚无缥缈的一层白光，它们不声不响，但已掀起我心里的波澜。与夜晚相比，早晨的静寂是幸福的。

我拖着胳膊粗的树枝，猫在地头的一棵树上，尽量让叶子遮住身形。我认为这样才安全。

蚊子们在趁火打劫，我无暇理会，把全身意念都集中在眼睛和耳朵上。我眼巴巴瞅着大路，盼望看见外公的身影，听见外公的脚步声。可我知道，外公不到天黑，是不会收工的。不把锄头上的泥巴收拾干净，不把牛草铡了，不擦洗完身体，他是不会吃饭的。不吃完饭，哪能换我回家？

我试图用白天的欢乐替换目前的境况，可越这样，越想逃离。偶尔听见沉重的脚步声，我忙屏住呼吸。他不是小偷，也不是坏人，他只是劳累了一天来看果子的人，可我仍然不敢动。丁香说过，晚上最怕远处村落里的半大孩子结伴来偷，他们那里只有庄稼地，没有果木地。半大小子正是不安分的年纪，他们偷东西不纯粹为了嘴，就是为了发泄使不完的精力。他们进到了地里，就如野猪群进了玉米地，管教颗粒无收。

南边是条干沟，从那里刮来的风，是凉的。再往远处看，星星点点的昏黄的光。“死咕嘟”叫了一天，仍未停歇。它的曲调和白天无异，仔细听，又仿佛多了几分苍凉。田埂上，陆续飞舞着零星的白点，越来越多，慢慢游走。我希望它们是萤火虫，不希望它们是鬼火。虽然老师讲过，鬼火是磷火，可也说明，果园里有很多骨头……一想到这个，我的心又剧烈地收缩几下。我开始往大路上看。

大路上，终于出现一个高大的身影。一定是我的外公，他抽着旱烟袋，大步流星走了过来。唉，一颗被恐惧蹂躏的心啊，终于获救了。我早溜下了树，依然说不清为什么，我就是不想让外公知道。我巴望外公能送我一程，可外公只是蹲在田埂上抽烟。我只好撒腿就跑。

大路两边，都是庄稼地。一边玉米，一边红薯。玉米林林总总，影子歪在路上，像满地乌龟在爬，却哗啦啦响动，像是藏着人或其他东西。红薯秧趴在地上，倒是安生。可地中间有几个隆起的土丘，那么醒目。其中一个上面，插着一杆破败的纸扎，甩着长袖，也迎风呼啦啦招展着。大白天，这些东西都让人忌讳，月亮下面，更让人心乱如麻。可它们毕竟没有脚，我很快就甩下了它们。

夜里走路，声响比往常要大，可我依旧大踏步地走，好给自己壮胆，好让外公听见，可往往会惊动了夜里出没的东西。也不知是兔子、老鼠，还是蛤蟆、黄鼠狼的，我吓它们一跳，它们也吓我一跳。

感觉有东西从草里窜出来，我忙大声喊道："外公——"外公忙着回应。这样来个七八次，当我看见瓦房后窗里的灯光时，心才落地，外婆也早早地就站在路口等我……

吃着饭，我又开始取笑自己："怕什么啊，一路上啥也没有。外公在那头，外婆在这头，怕什么怕，胆小鬼！"可这样的情形，除非是下雨天，夜夜都在复制、粘贴。

当我和丁香说起我的恐惧时，她没有笑话我，只是用同情的目光看着我，让我一阵温暖，一阵心酸。她问我为啥不在自己家。我搔搔头，说："哥哥们嫌我烦，不带我玩。我爸生病，天天睡觉。我妈可忙，顾不上管我。"唯独，我没有说我想吃苹果……我央求她不准告诉旁人，她说肯定的。我俩玩着马螺，欢乐在渐渐复苏、盛大。突然，她停了手，眼睛瞪着我说，要给我说一个秘密。难道，一个人的秘密，是另一个人秘密的钥匙？看她凝重的样子，她的秘密一定比我的秘密要大。

她犹豫下说，她要嫁人了。满打满算，她过了十月一才满十六岁。可她说，已经定亲了。那人比她大八岁，在乡政府当伙夫。我问她，想嫁人吗？丁香的脸盘不小，却看不见悲喜。迟疑了一会儿，她说，想，她想离开这个村子，离开这个家。说话时，她的一只手，在不停在抠着她的那个六指儿。那个无辜的肉瘤，被她抠成了酱红色……

我没敢问其他的，也不知道如何接起她的话茬，只好看着她，我想让目光里充满同情，我想让她也得到温暖。我知道，丁香缺乏温暖的照拂。可我的目光一定太复杂了，丁香没有看懂。也许我的眼神太过怪异，她居然低下头，抓起七只马螺，抛向空中，任由它们自由散落在灰土里。

枝头一只休憩的喜鹊，扑棱一下飞走了。我忙指着说："看，喜鹊！"丁香看也不看就说："嗯，就是喜鹊。"

很快，我们又投入到玩马螺的游戏中。一粒粒黑亮的瓷片，被我们抛在空中，弧线优美而轻盈，然后又叮咚叮咚撞击在一起，落入掌心。可好久，我们都不再说话。

果园好像变得更加辽阔。那些默不作声、渐渐红润的苹果，和我们一起，浸润在果园的空旷和幽深里。

边角之地

我妈总说我有福，根据是我耳朵上长个拴马桩。可她坐月子时，只要看见我耳朵眼边上那个麦粒大小的肉栓，就感觉碍眼。于是，她用头发扎个活扣，想勒掉它，可手上略一攒劲儿，我的小嘴就开始撇。几次三番，我妈始终下不了手，恰逢外婆来送菜——豫西地区探望新生儿的风俗，闻讯便大惊失色说，傻啊，那是闺女的福根，可不敢弄掉了。外婆还说我长大了一定能找个骡马成群的婆家。我妈半信半疑，最终还是手下留情了。

说来奇怪，缺少奶水的我，长到了三四岁，连个头疼脑热也没有。比起两哥哥，好养活多了，我妈便越发相信我是个有福之人。那年立春，恰逢队下分地，我妈便抱着我替她抓阄。

一大早的阳光，清肃迷离，它缓缓扯开灰蓝的天空，映红众人的脸，大队场院里人欢马叫。王队长拿个没把儿的铜瓢，扯着破锣嗓子和几个女人纠缠。赤红脸本来就红，被本家几个嫂子一捉弄，挣得更像红布。他把铜瓢举过头顶，背到身后，像是里面盛着珠宝。

会计刘二叔，斯斯文文，稳坐账桌后面，一边唱票，一边摊开账本记录。四辈婶说话利索，手却磨叽，像在集市上挑东西，几次拈起又放下。眼见时间分分钟在她指头缝里溜走，王队长挤着眼说："嫂子，又不是选男人，看你举棋不定哩，照你这弄法，分到冬天也分不完。"

四辈婶斜睨一眼，说："离了男人能过，离了地可活不了。"话虽如此，她还是拈了一个。她不认字，拿给刘二叔看，刘二叔慢吞吞打开，唱道："四辈家，老西地26号——"四辈婶一听，蜡黄的瘦脸上立刻放光，冲王队长斜睨一眼，然后细腰一扭，喜颠颠挤出了人群。

我们队的地，村西的是老西地，涧河南岸的叫河滩地，坡上的叫野台儿地。这四百多亩地，都是口粮地，但老西地是一等的水浇地，一马平川。一等地分的虽然少，可亩产顶次等地的一倍多。土地是饭碗，土地是命根，所以，作为庄稼人，谁不想拥有一块一等地呢？

纸蛋蛋越来越少，我妈抱着我，在圈外看似冷眼旁观，我却能听到她噗噗的心跳。

好容易轮到我家了。我妈伏在我耳边，热哈气让我脖子痒痒的。她说："乖，看你的了。"她略显粗重的气息里，有忐忑，有希冀。可当时，我才那么小，只感觉到大人们的可笑。纸蛋蛋有啥玩儿的，一会儿捏一个，一会儿捏一个，不打开还好，打开之后，便有人哭丧着脸，有人喜笑颜开。

一脸胡子像烂麦茬的王队长，见我的小黑手伸向铜瓢，他猛然嘿了一声，我忙缩手，把头靠在我妈肩上不看他。他却冲我妈说："芽儿妈，你可别后悔啊，小孩子摸的也作数啊！"我妈拍拍我的后背，给我壮胆似的大声说："当然作数！"王队长这才把铜瓢递到我面前，眼珠像个红玻璃球般盯着我说："丫头，只能抓一个啊。"我毫不犹豫捏了个略大的。有限的生活经验告诉我，但凡吃果子，大的总比小的甜。我把这些纸蛋蛋当成杏子、桃子，却丝毫也不知晓，它不但关系着吃喝，还关系着尊严。我妈认字，可她又把纸蛋蛋递给了会计。会计打开一看，略摇下头，喊了一声："野台儿粮食地，东把头——"人群一阵骚动，好像有人给他们撒了二斤喜糖。

我亲手摸来的这块地，伴随我长大。父母在地里耕耘收割，土地也收割着岁月，收割着父母的血汗。年纪略大点，我就开始自责，就算是二等的河滩地，也不至于那么令人沮丧。可我不争气，愣是摸了块人人憎恶的边角之地。

这块地，并非四四方方一块，整体像个猪肚子。边长四十几米，宽二十几米。地头站着几棵老柿树，树皮活成了碎裂的铠甲。它们最初应该是这块地的守护者，此刻却被荒草杂树给孤立着。我在地头挖土逗蚂蚁，采酸浆草的嫩叶，父母抡着锄头锄野草。每次回到家，我妈累得连饭都不想吃。我爸就宽慰说，人勤地不懒，这块地离家近，没事多来营务；荒头也大，能多拾掇小半亩呢。于是，我爸拖着病体和我妈一起耕耘，指望把这块生铁揉得滚烫。

地边紧挨新建的一排居民房。那时候都是平房，夏天里热得很。于是，房前屋后种了很多泡桐树。泡桐一到春天，花儿开得云遮雾罩，粉红一片，甜丝丝的香味溢满整个村子。可这些泡桐树，直接影响了我家庄稼的光合作用，俗语叫歇扇。同日点播的麦子或玉米，地边的往往要晚熟好几天。五黄六月，地中间的麦头都要炸了，地边的几陇还泛着青色。玉米更不用提，地边的株形高大，玉米穗子却跟瘪肚梭鱼一样，剥开来，青白的玉米芯上只有几颗豁牙般的嫩泡泡。以至于，老玉米上架了，还有人来我家找嫩玉米吃。每次犁地，犁头总被树根绊住，今年截了，明年还有，后年还有，一直都有，与地边漫延过来的茅草根一样难缠。这些粗细不一的根茎，就像一条条隐藏在地下的血吸虫，无时无刻、悄无声息地掠夺着田里的养料。

这些都是隐形的长久的伤害，而明面上的伤害，更让人气恼。散养跳圈脱缰的鸡猪驴，只要获得自由，就往庄稼地里窜，纯属天性使然。我们家的边角之地，成为它们加餐撒欢之地。就连谈恋爱的狗，也会在里面打滚嬉闹。尤其是春天，麦子扬花时节，看见半腰深的麦子，一片一片倒伏在地，我妈气得两眼冒火，欲哭无泪。畜生也就罢了，还有些不主贵的三只手，见麦仁儿饱了，玉米胡子黑了，眼皮一热，伸手就撇，丝毫不管这是别人家的东西。

不好也是儿，薄地也是地。种庄稼和养育孩子一样操心受累。

为了歇扇问题，我妈不止一次和那几户人家商量。多数人还是讲理的，会主动把歇扇庄稼的树枝锯掉。可遇到不着急的人家，你的事儿才不是事儿。我妈等不及，自己就搬着梯子，拿着锯子修理那些树枝。

树枝春上锯一次，倒也好说，可防备牲畜进地才是持久战。真心话，没有谁会真的放纵自己的猪狗羊去糟蹋庄稼，可就是这样的小心翼翼，才让人防不胜防。大中午，我妈也会跑到地头看看，果不其然，每次都能遇到几只鸡或者一头猪，能找到家的，人家道句歉了事。不能找到家的，也只有一赶了事。毁掉的庄稼咋办？只能自认倒霉。乡里乡亲的，就算占理，如果斤斤计较，也会落个不为人的名声。我家姊妹多，我爸身体不好，在村里属于没势力的人家，能吃的亏，经常仰仰脖子就吞下了。

别看鸡体积小，对庄稼却有巨大的杀伤力。你就看吧，一只鸡低着头，梆梆梆一阵，经过之地寸毛不存。尤其是刚冒出的芽苗，嫩黄可口，哪经得住逃出樊笼的鸡们的扫荡。

俗语说："有钱买籽，没钱买苗。"为了保住千辛万苦钻出土的苗，我妈会提前拌些药麦——麦子里拌上杀虫剂，撒在地头。在撒之前，我妈会挨门挨户广而告之，那谁啊，关好你家的鸡啊，我撒药麦哩。就这，也难免会有为嘴伤身殒命的鸡。虽说事先打过招呼，可人家心里也会生怨气。

因为这块地，我妈和那一排住户的关系，就像东河滩的黑老潭——看似风平水滑，实则暗流涌动。当面吵过的是和玉粉婶。玉粉婶个头不高，说话轻柔，一双桃花眼见谁都笑，连我妈也没想到，她吵起架来仿佛换了一个人。

玉米抽穗的九月的一个大晌午，我妈本想歇晌，可出奇的第六感一直让她坐卧不安。九月的日头，从天上扔下一束束利剑，闪着金光掠过林林总总的庄稼。我妈晒得头脑发晕，刚到地边，就发现一头百十来斤的长白条猪，正大摇大摆在我家地里过大年。我妈只感觉全身的血液，呼隆一下涌到头顶，她又吆喝又拍巴掌，那祸害不但不怕人，还成精一样往地中间藏。扔了几个土坷垃后，我妈便撅了根鸡蛋粗的树枝，顾不上玉米叶刀子一样往脸上划拉，顺着田垄追。猪也慌了，嗷嗷叫着直窜，乱蹄之下，又绊倒不少庄稼。

我妈又气又心疼，好容易才把它撵出地块，她不禁吆喝："谁家的猪，跑地里了！"浓稠炙热的正午，被我妈悲愤的叫声撕开了一个口子。这时，玉粉婶惺忪着桃花眼出现了。她顾不上披头散发的我妈，目光却追着她家祸害人的猪跑。

看见猪屁股上的红条子，她脸若冰霜，抬高嗓门说：“嫂子，你下手太狠了吧，也不怕把猪崽子打掉？”

我妈气不打一处来，说：“你光知道你家猪怀着崽子？没看到我家玉米也怀着崽子？”话不投机，两人恶吵了一架。因为这，两人好多年都不搭腔。当我爸闻讯和我跑过来时，我妈正坐在地头流泪。我也忍不住哭了。

其实，我妈做的真不过分，四辈叔才叫一个狠。胆敢祸害他家庄稼的牲畜，鸡腿打折，猪屁股打烂。有一年，他家自留地里的茄子眼看挂果，却被一头跳圈的公猪拱个底朝天。他不由分说，拿着钢锨就铲，猪屁股铲起来巴掌大一块肉，血淋淋惨不忍睹。主人自知理亏，倒也没敢说啥，赶忙加固加高了自己家的猪圈……多年后，玉粉婶中风躺在床上，她儿子央我下班给她输液，那点陈年积怨才逐渐消散。

虽然这块地，给我妈带来不少祸害，但是，每到收获的季节，这块地里出产的粮食，好像比其他地里的香甜。这并非我妈的错觉，嚼一口新麦或者嫩玉米，就有种实实在在的清甜。可是哩，为了这块地的兴旺，我妈没少偏私。

种地粪当家，你怎样对待土地，土地就怎样回报你，土地的性子就是这么耿直。为了积肥，我妈大费周章。当时我家喂了头老母猪，除了一年两窝猪崽能卖钱，积攒的猪粪也是这块地养分的主要来源。猪这东西，吃多喝多尿多，最适合攒粪。但是，懒惰了不行。虽说猪圈是个造粪场，可原料必须要跟上。干土、麦秸、树叶，一样也不能少。否则，几泡屎尿下来，猪圈就成了沼泽地。猪毕竟不是鳄鱼，陷在屎尿堆里拔不出腿，也不是办法。于是，我妈闲了就去拉干土，近处的拉完了，又跑到远处拉。光垫土不行，这样的猪粪板结如铁块，上到地里不松活。必须垫一层土，再垫一层麦秸或树叶，才是正经弄法。时不时填土垫草，经过猪的踩踏，个把月工夫，就要出一次粪，否则猪粪积多了，猪就会踩着粪地越墙而出。于是，到了出粪的时节，先把猪喂饱，赶到窝里，我妈这才穿上胶鞋，抡起耙子，开始出粪。这可是男子的活计，我妈心疼我爸身体不好，这些又脏又累的活，她一个人几乎承包了。

臭气熏天的猪圈里，我妈像个机器人。先抡着三齿耙子一耙耙掀开，再用铁锨一锨锨扔到猪圈外面。给我妈端一碗水，就着手一口气就能喝光，虽然戴着手套，可她手上的气味，必须洗刷很久才能削弱。一圈粪，我妈足足得掏三天。白天忙，晚上干。晚上忙，白天干。猪圈掏成一个大坑，又得不停往里面填土垫树叶——成年累月的猪粪就是这样诞生的。堆成小山的猪粪，还得淋上茅厕里的粪水沤，只有经过发酵这一关，才能获得真正的肥料。施肥时，还要将肥料破碎、摊平之后，再和田土充分混合深埋，否则，肥力发挥不充分，还会烧苗。所以说，庄稼人苦啊，为了一口粮食，必须好好侍弄庄稼的生命之源——土地。

我但凡在家，都会跟随我妈上地。虽然我不能干重活，但拔草、间苗这类活，我很快就能学会。我在地里忙碌，回过头看着身后一行行的庄稼，好像它们的繁荣寄托在我瘦小的身上，好像我就是这片田野的缔造者，心里不由充满自豪。

这块边角之地，终于敞开胸怀，用真诚回报着同样真诚的人。那次分地之后，地又动了一次，可像前世结缘，这块地居然又分给了我家。这次可不赖我，是我妈让我侄儿抓的阄。我妈连连说："侄儿像家姑。"语气里充满了旧物重回的喜悦。

一九九七年的冬天，队里的改民突然来到我家。拐了半天弯，才说明来意。这个插双翅膀就能飞的大能人，果真是无事不登门啊。他说乡里乡亲的，不忍心看我爸妈辛劳，想用一亩老西地换我家的边角之地。我妈心里吃惊，种地虽说不太时兴，可一等地换三等地，怎么也不划算啊！他说，不换也行，租一年三千块钱。按照粮食行情，这个价钱不低。我爸问他干啥用，他说想盖个废品收购站，我妈没答应。我知道，我妈固执地认为，好好的庄稼地，就要好好种庄稼，毁了可惜。因为这块地早已喂熟不说，哪怕刮风下雨天，她也会来到地头查看。这片庄稼的繁茂，已经和她的生命息息相关。

改民走后，又有人上门要求换地。我妈感觉蹊跷，也没松口。果不其然，不久就听说高速公路要修到这里了。原来，提前得到消息的能人们，都是为了拆迁。就算土地承包权是我家的，可地面上的附属物却是投资人的。前些年扩马路，挨着路边的那批人，个个都成了百万富翁——他们靠着地利，在庄稼地里盖厂房，盖饭店，得到了大量的拆迁款。一些农民，昨天还和大家相差无几，睡醒一觉就成了新一代的富翁，骤然的变故让很多人心生遗憾："咦，人家运气咋恁好呢？"

如今，好运貌似也要降临在我家头上，一想到这个，我的心跳就猛然加速，我妈说我有福，难道就要应验在这里？无论真假，我妈一点也不兴奋，别说在地里盖点建筑物等待赔偿，就算一块挡住庄稼成长的石块，她照样容纳不下……光阴细碎，密实如绒布，不但打磨着那块边角之地，也磨滑了我妈性格里的棱角。

可左等右等，三年过去了，也没见动静。一片奚落声中，这块边角之地，照样收割着风霜雨雪和花开果熟。转眼进入二十一世纪，村里除了些老人对土地还保持着热情，年轻人大都在城里讨生活。

闲置的土地，曾经五谷繁盛，却渐渐陷入了沉睡。老西地，多么好的地啊，恐怕它也不会想到，自己也有被农民冷落的一天。一开始，一家不种，或者种上桃树。其实也不为了收获果实，只是预备着被征用，三棵树的赔偿款顶上一亩庄稼的青苗费。天长日久，一家跟着一家学，你家不种，俺家也不种，任由那些野草野苗疯长。好好一百多亩大田，成了荒草湖泊。这样的情形，好像会传染一样，河滩那一百多亩地，也遭遇了相同的命运。好歹，老西地和河滩地，分别被开发区和高速公路征用了，各家各户都分到了几万块。因为分钱，多少转出去的户口又想方设法转了回来。因为分钱，多少兄弟姐妹反目成仇。过去喂养人们的土地，辛劳了一辈子的土地，做梦也想不到，会有人因为它那有限的价值而割断亲情血脉。

失去土地的村子，好像也失去了魂魄。有时，我路过旧时的土地，迎着风，往事呼啦啦一页页翻腾，那火热的农事和田间地头嬉笑玩闹的往事，恍如隔世。惆怅更加黏稠，模糊了夕阳，淋湿了心田。

而野台儿地呢，也许是因为不规则，也许是因为挨着住户，好几年都没有被征用的消息。靠里面的几家，早都不种庄稼了，满眼的牡丹和果木，自顾自地开花落叶，像一群各怀心事的女子，等着待选入宫。而我家的边角之地，我妈仍不舍得丢弃。如今，村里家家高楼大厦，不要说鸡鸭鹅猪牛羊，就算略大的树木也不多见——因为整体搬迁，地皮有限，根本没有空地容下一棵自由自在的树了。顶多，门前种几盆花花草草，用来装点干巴巴的生活。以前的障碍好像随着我妈的衰老也消失了。那二亩地，我妈实在种不下来，却不轻易妥协。她仍然守护着她的田地，被时光反复磨砺。还好，在儿女和机器的帮助下，她依旧在不停地收获。每当面对刚出锅的暄腾的馒头，我妈都会唠叨说："看看，咱自己种的粮食香吧。"说真的，是真的香。

今年春上，这块边角之地被拉上了白线。这条白线，改变了它的属性。村里不少人眼起金光，要知道，老西地和河滩地被征用有一阵子了，这时的赔偿标准可比那时候高多了。得到确切消息后，我很兴奋，我虽然没找个骡马成群的对象，但是后福在这里啊。虽说，这福气有点俗气。

原以为我妈也会很高兴，谁知这一切和她无关似的。她只是不住地唠叨："赶紧加把劲，这块地，只能收一季麦子了。"她惆怅不已的口吻，仿佛一个故人又要离她远去。而初夏的阳光，早已爬上高高的树梢，把光芒撒播在更宽更广的大地之上……

清明菜根香

白萝卜经霜后，就像人到中年，性子不再青涩、火辣，爽利中带着甘甜。咬一口，嘎嘣脆，清苦味道几可忽略不计。可到了阴历二三月，白萝卜算是到了暮年。无论农人秋收冬藏时多么小心，也无论是埋在沙土里还是地窖里，最终逃不过岁月的架空，更别说到了清明。个头看着比棒槌还粗，可外皮萎黄，满身白须，掂在手里轻飘飘的，就像一根破败的老丝瓜。“不中了，糠了。”母亲拎着刀，砍一个，念叨一句，满脸惋惜之情。

早些年，这个场景年年得见，特别在青黄不接的春上，若谁家窖藏一冬的萝卜依旧清脆，简直是老天庇佑。难道会扔了它们？当然不！农民可不舍得丢弃任何一颗果实。一部分切片晒干，揉入盐巴，嚼着如同细麻绳，可好歹是个下饭的咸菜。往往，父亲会对母亲说：“丫丫妈，留几个，咱擦‘苦累’吃。”

父亲端着一碗“苦累”，如吃龙肉，它却是我认为世界上最难吃的食物。它是饭，还是菜，没人能说清。也许出了我们村，就没人识得。这里的“苦累”，“累”字发“路喂”音。在我们村，总能听见有人说：唉，今儿干活“路喂（累）”死我了！

发明“苦累”的人，肯定是穷苦人，因做法和用料都很贫寒。炒菜锅里放油加热（多数不放油），放入萝卜丝加盐翻炒几下，倒冷水淹住萝卜丝，再倒入一瓢玉米面，摊平，盖上锅盖，焖。母亲说：“细面不响，粗粮咣当。”果真不差。黄面遇见水，又叫又闹，噗噗喳喳嚷个不停。这时候，切忌掀开锅盖，飞溅起来的面点子，落在脸皮上就是一个水泡。

小火慢炖十几分钟后，声响渐息，黄面已变成熟黄色，得用筷子飞快搅动，让菜、面充分混合，擦“苦累”工作就算大功告成。

黄澄澄的“苦累”，热气腾腾，目测像是美味佳肴，其实不然。黄面涩，萝卜苦，两样组合起来，滋味更是难熬。我大娘家的小闺女，一到吃“苦累”时，隔着院墙也能听到她的哼唧声：“我不吃，我不吃，老剌喉咙……”缺乏油水的“苦累”，苦头更重，嚼一口，舌头上如布满砂砾。一次，和大娘家的小闺女交流心得，她说吃“苦累”还不如吃草。我连忙点头，事后却想，她吃过草吗？

从前，红薯是一年的主打食品。红薯切片晒成红薯片，片再磨成面，面再蒸成馍，馍趁热压成“饸摞面”。父亲曾编过一个顺口溜，这样形容自家的一日三餐：早上干瓦片（水煮红薯片），晌午铁丝面（饸摞面），晚上黑炸弹（红薯馍）——父亲的胃病因此而来。

有年秋天，我家院子里挂满了玉米柱子，它们取代了红薯的“垄断”地位。寒冬腊月，窑外冰天雪地，窑内炉火腾腾，黄狸猫在身边绕来绕去。父亲捧着谷堆堆一碗“苦累”，对母亲说：“丫丫妈，要是整年都能吃上‘苦累’，日子该多美气啊！”他满脸的沟壑里，填满喜悦与富足。

少年不懂父亲苦，待到懂时已惘然。仔细回忆下，父亲从未浪费过一粒粮食，哪怕是一根清明的糠萝卜……

秤里光阴

那年，邻村梁子来借我家的大秤。我家的大秤，秤砣呢，粗瓷蒜臼那么大；秤杆粗的像三四岁孩子的胳膊，枣红透黑的秤杆，抹油一般泛光；秤星，熟铜的，黄如金子，嵌在秤杆里，像是秤的眼睛——真想一颗颗抠出来，串成项链。当然，这个想法，我也只是揣在心里悄悄地想。

梁子临走时说，放心啊，用完了就还。我爸点头，大方地应承着，其实，他心里也明白，就算去取，大秤也肯定不会在梁子家。村里小五是个孤儿，俗话说吃百家饭长大的。在农村，但凡趁手的物件，哪一个不是手传手、这家出来进那家呢。

不要说大秤，好像什么东西都要借，都能借——谁让大家都穷呢。大到牲口、架子车、自行车，小到针头线脑、油盐酱醋，好像只要有人张嘴，就没人不应承的。

不要说这些，我妈一件藏蓝色涤卡外衣，她一年上身的机会还没村里的婶子大娘多。娶媳妇啦，送闺女啦，走亲戚啦，这件衣服也算见识广博，没有虚度光阴。我妈从不埋怨，反而觉得体面。

可是呢，村连村亲连亲，谁家挂着免事牌？那时候的人，看得远，看得宽，深切体味到了“走路先修路”“不行清风，等不来细雨”的道理。

虽说“好借好还，再借不难”，可也有把东西弄丢的时候。大秤梁子借走了个把月，四叔又来借，要卖猪——收猪的也有秤，可买卖心不同。他去梁子家，梁子说在麦圈家，还说他交代了麦圈，用完直接还给我家。可麦圈说在葫芦家，葫芦说在老虎家，老虎说在铁蛋家……就这样，一杆大秤，转来转去，没影了。

事情总有个交代吧，梁子再次登门致歉，说一定要找着，真找不着就赔。我爸明面上没说啥，心里肯定难受。用了几十年的老物件，靠在门旮旯里不感觉有啥，可一旦没了，像丢了一个故人。

故事的结尾总算不错。经过梁子穷追不舍地打听，半年后，终于失物复得。来龙去脉是这样的，民生的姑父粜粮食，见民生家有一杆上好的大秤，而民生不在家，就给民生家七八岁的儿子说了一声。小孩子哪有闲工夫记着这些。于是，线索从民生家断了。

这杆秤虽说回来了，可模样让人心疼，也不知道它经历了啥，秤星残缺了几颗，秤杆子像是被人抠去了眼睛。我暗自懊恼，早知道这样，我都抠出来串项链了。秤梢的铜套也脱离了，活脱脱成了落毛凤凰。我爸居然很高兴。梁子说，他就是让我爸辨认下，是不是我家的大秤，如果是，就拿回去修。我爸忙说，不用，自己来。

梁子刚走，我爸就拿着抹布蘸着菜油，一遍遍擦拭着秤杆，比给我洗脸还用心。

听见我嘟囔，我爸说物尽其用，东西就是让人用的。隔天，他就上集把秤修好了。于是乎，这杆大秤又开始了百家轮回的命运之旅。

过日子如翻书，几十年的光阴，翻到我爸走了，翻到大秤也没了踪迹。

我妈偶然提起，却没有怅然若失，因为就算它在，也只是落满灰尘，而无法找到它“物尽其用”的价值了。

最近，我带十几岁的女儿回老家，奶奶家的土锅台，让女儿新鲜得不得了。奶奶填柴做饭，她也不顾烟熏火燎，跟着忙前忙后，最终她揉着流泪的眼睛说，什么破玩意，一点都不好玩！

孩子啊，你可知道，你妈我从四五岁开始，就这样一日三餐的“玩”。一次就引火上身了。干桐树枝，一架到火里，火星如爆豆，蹦到了棉袄上。多亏我妈果断，一把拎起我按到了猪食盆中。

女儿回头问我妈，我妈居然说，哪有这回事？她记不得了。

母亲的话，让我黯然神伤，黯然时光的老去，岁月的薄情。

是的，终有一天，生命会老，故事会老，故乡也会老。然而，只要记忆的微风一吹，往事就如春天的藤蔓，一寸一寸，爬满生命的山坡。

图书在版编目（CIP）数据

獐子路过瓜田 / 杨枥著 . -- 合肥：黄山书社，
2019.12
（原乡人书系）
ISBN 978-7-5461-8881-2

Ⅰ. ①獐… Ⅱ. ①杨… Ⅲ. ①散文集 – 中国 – 当代
Ⅳ. ① I267

中国版本图书馆 CIP 数据核字（2020）第 014536 号

獐 子 路 过 瓜 田
ZHANGZI LUGUO GUATIAN

杨 枥 著

出 品 人	贾兴权
责任编辑	刘莉萍
内文插图	潘钊颖
装帧设计	私书坊 _ 刘 俊 张俊香
出版发行	时代出版传媒股份有限公司（http://www.press-mart.com） 黄山书社（http://www.hspress.cn）
地址邮编	安徽省合肥市蜀山区翡翠路 1118 号出版传媒广场 7 层 230071
印 刷	安徽新华印刷股份有限公司
版 次	2021 年 8 月第 1 版
印 次	2021 年 8 月第 1 次印刷
开 本	880 mm × 1230 mm 1/32
字 数	125 千字
印 张	6.25
书 号	ISBN 978-7-5461-8881-2
定 价	42.00 元

服务热线 0551-63533706

销售热线 0551-63533761

官方直营书店（https://hsss.tmall.com）